외로움, 우울, 슬픔, 아픔
날 힘들게 한다고 생각했던 것들이었지만
사실은 이들을 견뎌가는 과정이 삶이었다.

설은일기

그림에노 물구하고 살아가는,
설익은 인생 성장기

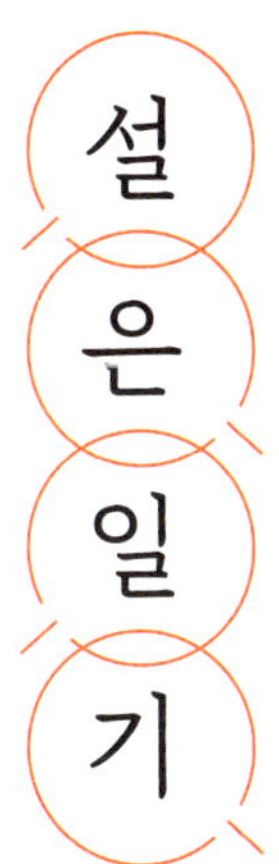

작은콩 글 · 그림

STUDIO:ODR

젊은 사람이
왜 여기에 앉아?
깜짝

여긴
노약자석이잖아.
하여간
요즘 애들은….

이곳은 '노인석'이 아닌,
'교통약자 배려석'입니다.
자기밖에
모르고,
예의도 없고
말이야!!!

빠빡-!!
부모들이 쎄빠지게
대학 보내면 뭐 하냐고!!

문이 닫힙니다.
결국 나옴
슈우웅ㅡ…
하아.
오늘따라
몸이 힘드네….

엘리베이터 ➡

교통약자 우선 사용
엘리베이터 ➡

…

후아

난, 사람들을 겉모습만으로
판단하지 않는다.

나이가 적든, 많든

밝게 행동하든, 아니든

하하

겉으로는 보이지 않는
내 병처럼,

다들 숨겨진 아픔 하나쯤
갖고 있을 테니까.

아무렇지 않은 듯
앞에 앉아 있는 저 사람은
어제 죽고 싶다고
생각했을지도 모르고
덜컹
저기 서 있는 사람은
어쩌면 힘든 항암을
견디고 있을지도 모른다.
덜컹

우린 대체,
살아 있다는 이유로
덜컹
얼마나 많은 짐을
견디며 살아가는 걸까?

당신은,

당신은 어떤가요?

저는 겉으로는 멀쩡하지만, 사실 보이지 않는 반려 병을 하나 갖고 있습니다. 가벼운 관절염에서 시작해, 심해지면 온몸의 장기를 망가뜨릴 수 있고 여러 합병증까지 불러올 수 있는 무서운 병, '류머티즘성 관절염(아래부터는 줄여서 류마티스라고 부르겠습니다)'이라는 난치병입니다. 2013년에 처음 진단을 받았으니 벌써 10년이 훌쩍 넘었네요. 이 병은 관절이 아프고 붓는 관절염이지만, 일반적인 퇴행성 관절염과 달리 면역계 이상 반응이 원인이어서 젊은 사람은 물론 아이들까지도 걸릴 수 있다는 특징이 있죠.

관절염뿐만 아니라 전신 근육통이나 체력 저하 같은 면역 관련 증상도 함께 나타나기 때문에, 끊임없이 여러 병과 싸우며 살고 있습니다. 하지만 보기에 크게 티가 나지 않아 꾀병 아니냐는 오해를 받는 일이 많아요. 그래서 대중교통을 이용할 때 아무리 힘들어도 노약자석에는 잘 앉지 못합니다. 사실 노약자석은 '노'뿐 아니라 '약자'를 위한 자리이고, 저는 '산정 특례'라는 이름으로 국가에서 치료비를 지원해 줄 정도로 공인된(?) 환자임에도 말이죠. 예전에 한 번 노약자석에 앉았다가 부모님까지 들먹이며 욕을 하는 분을 만난 이후부턴, 아프고 힘들어도 꾹 참곤 했습니다.

그날 이후, 사람들을 대할 때면 보이지 않는 '어떤 사정'에 대한 여유를 남겨 두고 바라보게 되었습니다. 가장 활기차게 사는 분이 알고 보면 암과 같은 큰 병을 이겨내고 있을 수도 있고, 건장하고 훤칠해 보이는 젊은이지만 선천성 심장병 환자일 수도 있죠. 이처럼 나이와 성별, 외모와 상관없이 누구나 자신만의 아픔을 견디고 있을 수 있다는 걸, 저도 스스로 겪고 나서야 알게 되었습니다. 그리고 그게 얼마나 외로운 일인지도요.

《설은일기》는 한국에서 병과 함께 천천히, 하지만 꾸준히 살아온 30대 청년의 이야기입니다. 2~30대 하면 다들 청춘이라며 빛난다고 하지만, 제게는 참 아프고 힘든 시간이었어요. 남들은 때가 되어 잘 무르익어 가는데, 저만 혼자 뒤처져서 영글지 못해 '설익은' 채 버려진 찬밥 덩어리가 된 것만 같았죠. 전 제 삶을 사랑해 본 적이 없는 사람이었습니다. 세상에는 어찌나 젊고, 예쁘고, 능력 있는 사람들이 많은지. 그에 비하면 제 모습은 너무나 초라하게 느껴져서, 못난 내가 너무 싫고, 사랑받고 싶은 마음에 자신을 마구 깎아내리고 소진하다가 몸과 함께 마음마저 병들어 버렸습니다. 그런데도 젊음은 원래 아픈 거라고, 감내하는 것이 당연하다고 스스로 몰아세우기만 했죠. 결국 점점 더 아파지는 몸 때문에 좋아하던 일, 이루고 싶던 꿈들을 포기해야 하는 상황이 되었고, 앞으로 완치가 보이지 않는 병에 인생이 끝난 줄만 알고 좌절했습니다. 그냥 남몰래 사라지고 싶다고, 아침에 눈을 뜨고 싶지 않다고 수백 번도 더 생각하던 나날이었습니다.

그러던 어느 날, 단순히 외로운 마음으로 SNS에 올렸던 투병 일기를 통해 저처럼 '자신만의 어떤 사정'으로 인해 뒤처져 아파하는 분들을 만나게 되었습니다. 그건 제게 정말 큰 전환점이었습니다. 그분들과 함께 위로를 나누고 다독이며 다시 걷기 시작하면서, 그 과정에서 자신을 사랑하는 법도, 마음을 나누는 법도 배울 수 있었죠. 덕분에 아무것도 아니었던 제가 작가라는 이름으로 이렇게 새로운 삶을 찾아 살아올 수 있었습니다.

이젠 그 이야기를 나누고 싶어 책을 쓰게 되었습니다. 물론 여전히 전 불안합니다. 완치가 없는 병에 지쳐 무너지기도 하고, 이러다 언젠가 걷지도, 보지도 못하는 날이 오진 않을까 두려워할 때도 있습니다. 하지만 그래도 괜찮습니다. 힘내서 버티고 있으면 비 온 뒤 하늘이 개듯이 밝고 행복한 날이 또 온다는 걸 경험으로 알게 되었으니까요.

그때의 저처럼 보이지 않는 아픔을 안고 살아가는 분들에게 제 이야기가 위로와 용기가 되길 바라는 마음으로 그림을 그리고 글을 눌러 썼습니다. 시린 겨울에서 따뜻한 봄이 올 때까지, 매일을 견뎌내며 살아온 저의 일기가 당신께 작은 위로가 된다면 정말 기쁘겠습니다.

차례

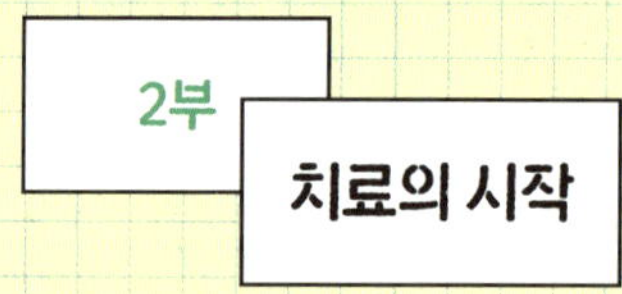

· 만화 에피소드는 팩션입니다.

· 저자의 의도에 따라 만화의 말풍선에서 강조하고자 한 부분은 볼드 처리했습니다.

· 글은 국립국어원 표준어 원칙을 따랐으나, 맥락에 따라 방언이나 통용되는 표현을 살려두었습니다.

· 2부에서 언급되는 식이요법의 경우, 의학적 근거에 따른 것이 아님을 밝힙니다. 저자의 개인적 기록일 뿐이
  며, 식이요법은 개인의 체질, 컨디션에 따라 매우 다르므로 따라 하는 데 신중하시길 권합니다.

· 인스타툰의 후기는 사전에 모두 허락을 받고 실었습니다.

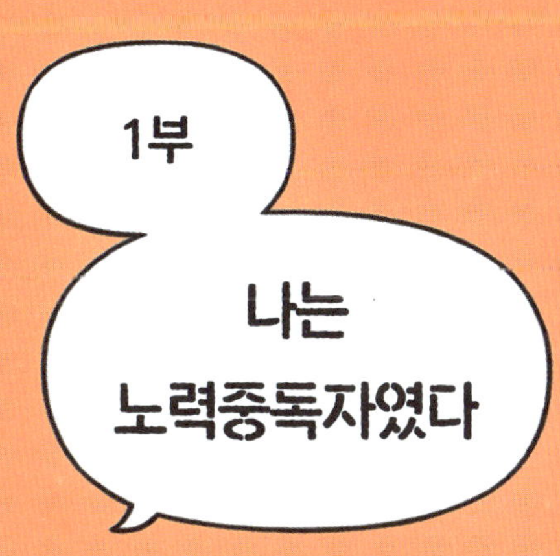
1부
나는
노력중독자였다

약국

자격 미달 서른 살

내 서른은 왜 이렇게 아픈 걸까, 했다.
약을 더 늘려야 합니다.

네?
지금보다… 더요?
남들은 청춘이라고, 빛난다고,
…그래도 조금만 더 지켜보다 늘리면 안 될까요…?
속도 쓰리고 부작용도 조금….
고생하고 힘들어도 다 좋은 때라고 하던데

그렇게 다들 빛나면서 나아갈 동안,
여기 보이시죠?
관절 파인 거.
류마티스로 관절 변형이
지속되고 있어요.
약을 먹고 관리했으니
이 정도지만, 앞으로는
더 진행될 거예요.
이젠 바꿀 약도 없고,
늘리는 것도 한계가 오면
주사제로 넘어가셔야 합니다.
난 혼자 구덩이에 빠져
허우적대는 것 같았다.

진통제랑
스테로이드를
당분간 추가하고…
… 스트레스 받으시면
안 좋아요. 손도 많이
쓰지 마시고요…
… 참 빠르다.
20대 초, 이른 나이에
만났던 류마티스.
벌써 투병 10년 차가 넘었다.

나는 늘 느린 사람이었는데.
달리기도 느려서 못 했고
밥 먹는 속도도 느리고
아직도 먹고 있어?
앗.
지금도 남들 하는
일의 절반도
못 따라가고 있는데
뭐 했다고
이렇게 힘드냐….

정작 내 몸은 남들보다
훨씬 빨리 변해간다.
난 이렇게
느린데….

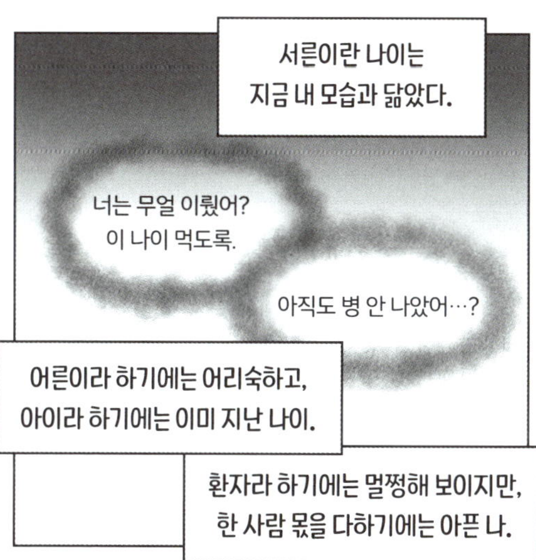

서른이란 나이는
지금 내 모습과 닮았다.

너는 무얼 이뤘어?
이 나이 먹도록.

아직도 병 안 나았어…?

어른이라 하기에는 어리숙하고,
아이라 하기에는 이미 지난 나이.

환자라 하기에는 멀쩡해 보이지만,
한 사람 몫을 다하기에는 아픈 나.

만약 나이를 먹는 데 자격이 필요하다면
나는 자격 미달일 것 같았다.

왜 아직도 안 됐지??

아직도 못 했어?

아직 내게는 너무 낯선 나이, 서른.
… 나 같은 사람도
'낯설고, 설익은' 나의 30대는 그렇게 왔다.
내 삶을 사랑할 수 있을까….

◆ ● ◆

"112번 환자분!"

큰 병원에 가보면 압니다. 이 세상에 얼마나 아픈 이들이 잔뜩인지. 차례가 되었음을 알리는 신호음이 울리고 여기저기서 목 놓아 다음 사람을 부르는, 시장보다 더 정신없는 이곳에 30분 이상만 있어도 머리가 아파 녹초가 되기 일쑤입니다. 간신히 접수를 마치고 거대한 미로 같은 건물 속에서 한구석 빈자리를 찾아 앉으면 그제야 숨을 고를 시간이 생깁니다.

112번. 이름도, 병명도 아닌 숫자가 적힌 구겨진 종이를 손에 쥔 채 바라봅니다. 사실 저는 저의 30대가 이럴 줄은 정말 몰랐습니다. 빛나는 미래를 꿈꾸고 멋진 어른이 되어 있길 기대했건만. 건강할 줄만 알았던 제게도 병이 찾아왔고, 젊을 줄만 알았던 몸은 너무 빨리 변해갑니다. 조금의 특별함은 있을 거라 믿었던 제 인생은 수백 번 중 하나의 번호로 불리는 겨우 일개의 것이라는 걸 알았습니다. 아직 소박한 결실조차 이루어보지 못

했는데 구겨진 내 젊음이 벌써 끝나가는 것 같아 조급하고 불안해집니다.

딴생각을 길게 할 틈도 없이, 곧 제 번호를 부르는 간호사 선생님의 부름에 얼른 따라가 피 검사를 합니다. 팔에 꽂힌 관을 따라 나오는 따뜻한 피를 보며 잠시 '살아있음'을 느낍니다. 아무리 못난 것 같아도, 어쨌든 저는 살아 있습니다. 숨을 쉬고 피를 만들면서요. 누군가는 삶이 특별한 축복이라 말합니다. 무언가 이루지 않아도 존재만으로도 의미 있다고도 합니다. 스스로 의식하지 않아도 알아서 매일 수십만 개의 세포를 만들어내는 신체를 바라보면 꼭 우주처럼 신비로워서, 어쩌면 정말 그 말이 맞을지 모르겠다는 생각이 듭니다. 하지만 동시에 제가 지금까지 겪어본 대부분의 인생의 문제들은 바로 그 '살아 있음' 때문에 생기기도 했습니다. 살아 있기에 고통을 느껴야 했고, 외로움을 두려워하고, 비교와 경쟁에 괴로워했지요.

진료가 끝난 후, 이번에도 한 움큼의 약을 처방받았습니다. 앞으로도 저는 살아가야겠죠. 그래도 치료받으며 이만큼 살아 있음에 감사하다가도, 그 '살아남기'를 위해 끝없이 밀려오는 아픔, 불안함과 싸워가면서요. 삶은

축복인지 아니면 벌인지 정말로 알 수가 없지만, 세상은
병을 핑계로 오래 기다려주지 않기에 병원을 나와 얼른
환자의 표정을 지우고 다시 제자리로 돌아갑니다.

이제부터 또 혼자 공중에 대고 싸우는 나날이 이어지
겠죠. 어떤 날은 밀려오는 통증에 휩쓸려 여기저기 부딪
히며 흘러 다니다가, 또 어떤 날은 좀 살 만하다 웃고 행
복해 보기도 하다가. 살아 있기에 구겨진 일상이라도
소중히 품어봅니다. 매일 아침 삼키는 알 약처럼 하
루하루를 삼켜내며 살아갑니다.

과거로 돌아간다면, 내 삶은 달라졌을까

아, 아니…
제 나이에 왜….
음…
류마티스 약 영향두
있을 수 있고요….
아무튼 오늘
주사 처방 있으시거든요?
바로 맞고 가시면 돼요.
충격이다.
나이 서른에 골다공증이라니!

류마티스 증상을 조금이라도 줄이려
애쓰며 살았지만, 골다공증은
상상도 못 했다.
아무리 애를 써도
예상치 못한 합병증까지
전부 피할 수는 없다….
왜?
주사 놓을게요.

병 때문일까?
아니면 먹는 약의
부작용 때문일까?
그것도 아니면
왜?
왜…?
꾸욱

또, 나 때문일까?
내가 또 뭘
잘못한 건데?

괜찮아!!!
골다공증은
살 먹고 운동하면
나아질 수 있대!!
힘!!

…하지만
자꾸만, 이유를 알 수 없는
증상들이 늘어간다.
푸슈~

지난번에는 '원인 모를'
갑상선 항진증.
그전에는 또!
'이유 모를' 발 부종.
문제는,
이것만이 끝이
아닐지도
모른다는 거겠지….
생리 불순, 혈관염, 구내염,
속 쓰림, 위염 같은 건 더 흔하다.
역시 원인은 불명.
게다가 이젠
골다공증까지.

병원
그래, 덫에 걸린 기분이다.
출구도 없이 뱅뱅 도는.
이런 몸으로 앞으로 잘 살 수 있으려나….
처음부터 이 길에 들어오지 말아야 했다.

어차피 되돌아갈 수 없다는 걸 알면서도,
병을 발견하고 좀 더 빨리 치료를 시작했다면…
앞으로 나아가기 막막할 때마다 자꾸만 뒤를 돌아보게 된다.
아냐, 그전에 너무 무리한 다이어트 같은 걸 해서…
스트레스 좀 덜 받고 살걸…. 그게 뭐라고.

5 EXIT
5 EXIT
아플 때도
모른 척 일만
쫓지 않았다면…
나는, 내 몸을…
내 삶을 잃어버리지
않을 수 있었을까?
떡
그렇게 꼬인 실타래의
끝을 잡은 채
되짚어 돌아가다 보면

그 끝에선 결국
열차가 들어오고
있습니다
멈칫..
내 마음속 깊은 곳에 있는,
과거의 나를 만난다.
띠리리리리——··

너, 그동안
왜 그랬어…?

나는….

원인 불명.

류마티스 증상이 심했을 때 병원에 가면 늘 듣던 말이었습니다. 제 병은 원인을 알 수 없다고요. 현대 의학으로 확인할 수 있는 건 오직 결과뿐이었습니다. 피 검사를 하면 염증 수치가 정상 범위를 뚫고 계속 올라갔었고요. 손가락이며 발가락, 손목, 발목까지 퉁퉁 붓고 아프다가 이내 휘어갔습니다. 굳이 느낌을 비유하자면, 한 번에 모기 100방은 물린 것처럼 붓고 아팠다고 할까요(물론 그보다 훨씬 아프고 절망적이었지만요). 게다가 앞서 말씀드렸듯 류마티스는 면역 질환이라 단순한 관절 염증 외에도 다양한 면역 관련 증상이 예고 없이 찾아왔습니다. 아침이면 팔을 들 수 없을 정도로 몸이 아픈 적도 있었고, 이곳저곳에 멍이 들고 머리가 빠지기도 했습니다. 어디 구멍이 나서 피가 새는 것도 아닌데, 전신의 혈액이 다 빠져버린 것처럼 몸이 늘어져 누워만 지내던 때도 있었습니다.

며칠 감기만 걸려도 일상을 유지하기 힘든데, 이렇게

다양한 통증에 밤낮으로 시달리다 보니 그나마 남아 있던 긍정적인 마음은 뜨거운 돌 위의 물방울처럼 순식간에 증발하고는 했습니다.

새로운 증상이 생겨서 병원에 가도 큰 소용은 없었습니다. "특별한 치료법은 없습니다"라는 말과 함께 진통제나 스테로이드제를 조금 더 처방해 줄 뿐이었죠. 이런 약들은 증상을 완화할 뿐 근본적인 해결책이 되어주진 못했습니다. 그나마도 오래 복용하면 의존성이 생기고 부작용이 찾아와서, 그전에 어떻게든 증상을 스스로 달래 보아야 했습니다. 음식을 바꿔보기도 하고, 영양제를 먹어보기도 하고요. 남들은 당연하게 누리는 일상을 되찾기 위해 온갖 노력을 기울이다 보면, 몇 달 후 조금 나아지는 시기가 찾아오고는 했습니다. 하지만 그때쯤에는 이미 너무 많은 시간과 에너지를 소진했고, 몸은 망가졌으며, 일상은 무너져 있었습니다.

'어쩌다가 이렇게까지 된 거지?'
그럴 때마다 망가져 가는 몸을 조금이라도 붙잡으려 그렇게 한참을 헤매다 보면, 결국 탓하게 되는 건 나 자신이었습니다.
'나는 왜 더 현명하지 못했을까.'

이제 염증에 좋지 않은 음식을 먹어서, 일찍 자야 했는데 늦게 자서, 몸을 너무 혹사해서….

'원인 불명'이라는 말은 저를 자꾸 과거로 데려갔습니다. 검사지에 쓰여 있지 않지만, 검사지 밖, 내 삶 어딘가에 박혀 있을 그 원인을 찾기 위해서요. 틀린 답의 오답 노트를 뒤지듯 온몸과 마음을 헤집으며 그동안의 삶을 검열했습니다. 그러다 보면 가장 힘들었거나 고통스러웠던 기억들로 마음이 자꾸 고여갔습니다. '맞아, 그때 별것도 아닌 일에 너무 스트레스를 받고 힘들어했어. 지나고 보면 아무것도 아닌 일이었는데 바보같이. 너무 어린 나이에 무리해서 다이어트를 한답시고 몸을 축냈어. 뭐가 진짜 중요한 건지 왜 그땐 몰랐을까. 아플 때도 모른 척 일만 좇지 않았더라면, 조금이라도 더 빨리 치료를 시작했더라면, 애초에 이런 상황이 일어나지 않았을까. 이렇게 내 삶을 잃어버리지 않아도 되었을까…' 그렇게 지나간 시간의 늪에 빠져 허우적대며 괴로워했습니다.

어떤 불행을 겪으면 사람은 본능적으로 반성을 합니다. 다시 같은 실수를 반복하지 않기 위해서겠죠. 사기를 당했을 때 훔친 사람보다 빌미를 제공한 자신을 먼저 탓하게 되는 것처럼요. 문제는 그 일이 끝나야 시간이 지나면서 '아, 그런 일도 있었지' 하고 잊을 수 있을 텐데, 저의 문제는 현재 진행형이라는 점이었습니다. 병은 계속 진행되고 있었고, 몸 전체가 점점 병에 잠식되어 간다는 게 느껴졌습니다. 무력하게 그 과정을 지켜보는 일은 자신을 끊임없이 탓하고 몰아세우게 만들었습니다. 이미 일어난 일이니 이제 그만 과거를 털고 앞을 봐야 한다는 건 알고 있었습니다. 하지만 병은 과거의 족쇄처럼 제 발목을 붙잡고, 앞으로 걸어 나갈 수 없도록 저를 끌어당겼습니다.

만약 과거로 돌아간다면 제 병은, 제 삶은 달라졌을까요? 전 제 몸을 지킬 수 있었을까요?

노력 뚱목사

…나는, 예전부터
내가 싫었다.
야, '저게' 여자냐?

딱히 예쁘지도,
사회성이
뛰어나지도 않았던
시끌시끌—
오늘
메뉴 뭐야?
야 뛰어!! ㅋㅋ
복작..
복작..
아 밀지 말라고~
친구도 별로 없는,
그냥 그런 존재감 없는 애.
탁
…가볼까.
드륵

질끈 묶은 머리
촌스러운 목도리
추위를 잘 타서
늘 입던 낡은 패딩과
두꺼운 레깅스

공부밖에 몰라서
꾸밀 줄도 몰랐고
또래 여자애들보다
키도 크고
덩치도 있던 나는
힐끔
어딜 가나
눈에 잘 띄었고
힐끔

‘여자’처럼 작고
예쁘지 않다는 이유로
야, 저기 봐….
험…

외모 비하에
시달리고는 했다.
‘저게’ 여자냐?
우뚝

왜일까.
ㅋㅋㅋ
니 여친 지나간다.
사귀기 가능?
분명 먼 곳에서
작게 들린 말이었는데
후다닥!
~ㅋㅋㅋ
낄..
낄 낄

헉..
헉..
어..
내 귀에는 그 어떤
소리보다도 크게 박혔다.

쾅

후우….

무서웠다.
…나도

또다시 누군가가
야~ 웃지 마 ㅋㅋㅋ
ㅋㅋ
ㅋㅋ
흠칫

야 돼지야!!!
흠칫
날 보고 웃을까 봐

사람이,
너무 무서웠다.
나도 살 빼고
예뻐지면
밖에서 당당하게
다닐 수 있을까?

◆●◆

"쟤는 진짜 독해."

고등학생 시절 저는 교실에서 친구 없이 겉도는 아이였습니다. 공부밖에 몰랐으니까요. 미대 입시를 준비하고 있었기에 낮에는 정규 수업, 밤에는 미술 실기를 병행했습니다. 해가 뜨기 전 학교에 가서 해가 진 뒤에야 돌아오는 날들이 이어졌죠. 집에 와서도 쉬지 않았습니다. 부모님께 부담 드리기 싫어 비싼 학원 대신 EBS 강의와 학교 수업에만 의지했거든요. 부족하다는 생각이 늘 있었기에 밤마다 수업 내용을 정리하며 몇 번이고 복습했고, 버스에서도 영어 단어장을 들고 다녔습니다. 하루 5시간 넘게 자본 적이 없었습니다.

하지만 친구가 없었던 건 단지 시간이 부족해서가 아니었습니다. 실은 좀 '싸가지 없는 애'였거든요. 그때 제게 친구는 그저 이겨야 할 경쟁자에 불과했습니다. 밤늦게까지 공부해 놓고 모르는 척하고, 필기 노트를 빌려 달라는 친구에게 중요한 부분을 지운 채 내주기도 했습니다(차라리 빌려주기 싫다고 솔직히 말했어야 했는데, 그럴 용기는 없었던 거죠).

지금도 잊히지 않는 일이 하나 있습니다. 투병 중이던 친구의 어머니가 돌아가신 날이었죠. 반 친구들은 함께 있어 주었지만, 저는 '일이 있다'는 거짓말을 하며 가지 않았습니다. 그날의 공부가 더 중요하다고 믿었으니까요. 그 선택은 지금도 마음 한켠에 후회로 남아 있습니다. 가족들에게도 다르지 않았습니다. 공부에 방해된다는 이유로 화를 냈고, 참관 수업에 오겠다는 엄마에게 "귀찮으니 오지 마세요"라며 잘라 말했습니다. 나중에 엄마가 상처 받아 우셨다는 걸 알게 되었지만, 그땐 왜 그런 걸로 상처를 받는지 이해하지 못했습니다.

돌이켜 보면 참 허무합니다. 그렇게 여러 사람에게 상처를 주면서까지 공부를 좇았지만, 지금 그만큼 성공했냐 하면 그렇지도 않으니까요. 하지만 그때 전 정말 절박했습니다. 무언가, 증명하고 싶었던 것 같아요. 저의 존재 의미 같은 거요. 당시 저는 제 자신이 싫고 부끄러웠습니다. 평범한 여자아이들보다 키도 크고 덩치도 커서 늘 눈에 띄었고, 스트레스를 먹는 걸로 풀다 보니 몸도 불어나 놀림을 당하곤 했으니까요. 친구와의 소속감이 중요한 시기에 '남들과 나쁜 모습'은 깊은 상처가 되었죠.

그래서 더 악착같이 공부했습니다. 공부만큼은 제 뜻대로 할 수 있었으니까요. 무엇보다도 남들보다 특출나게 무언가 잘한다는 사실은, 제가 특별한 사람인 것처럼 느껴지게 했습니다. 그래서 그 순간만큼은 저 자신을 좋아할 수 있었죠. 제가 1등을 하면 못난 외모도, 매력 없는 존재감도, 고액 과외나 특별한 학원에 다니지 않고 혼자 공부한다는 초라한 환경도 순식간에 빛이 나는 듯했습니다. 공부를 잘하면, 좋은 학교에 합격하면, 미운 오리 새끼가 아니라 '사실은 백조였다'는 반전의 주인공이 될 것 같았습니다.

그 기대감이 스스로 몰아붙이게 했습니다. 열심히 하지 않는 자신을 용서할 수 없었어요. 어쩌다 피곤해서 정해진 시간보다 잠을 조금 더 자면 세상에서 제일 게으른 사람이 된 것 같았고, 조금만 무리해도 터지는 코피가 귀찮기만 했습니다. 운동 부족과 스트레스로 이상 증상이 생겨났지만, 건강은 늘 뒷전이었습니다. 어쨌든 그렇게 입시에 매달린 결과, 결국 목표하던 학교에 합격할 수 있었습니다.

'내가 해냈어.'

그 순간만큼은 정말 세상을 다 가진 것 같은 기분이었죠.

하지만 달콤한 성취 뒤에는 예상치 못한 부작용이 따라왔습니다. '노력 중독'이라는. 노력으로 무언가를 이뤄본 경험은 자신감을 주었지만, 반대로 '자신을 혹사시키는 방식'에 익숙해지도록 만들기도 했습니다.

균열의 시작

이야~
합격통지서
성명   작은콩
대학   미술대학
수험번호 123...
생년월일   9...
위 학생은 합격하였으...
통지합니다
그래서,
장학생 됐다며?

아 뭐~
그것뿐인감~
남들 정시 준비할 때
수시로 후딱 붙어버려서~
걱정거리가 없었지.
기세등등~
(자랑 타임 중)
아이고 아주
좋아 죽는구먼~
허허
아니 자랑하려는 게 아니라~
사실이라서~

그래, 콩이가 큰일 했다!
감사합니다…
그래가지고~
…했던 거야~
…
헤헤…

…그럼 이제,
살만 좀 빼면 되겠다~

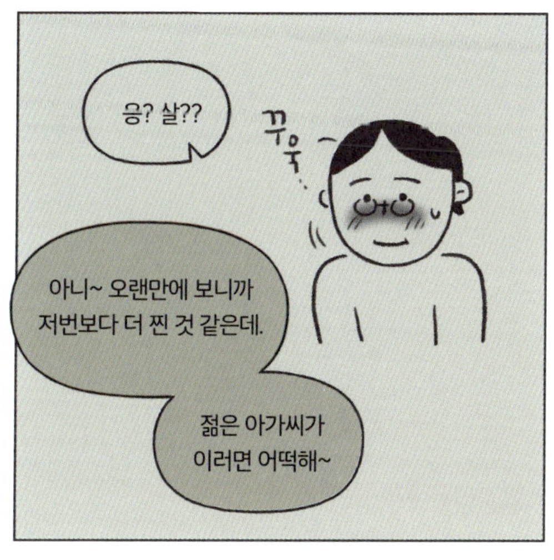

응? 살??
꾸욱
아니~ 오랜만에 보니까
저번보다 더 찐 것 같은데.
젊은 아가씨가
이러면 어떡해~

이제 대학 가니까
화장도 하고,
연애도 하고 그래~
분명 좋은 뜻으로
해주신 말인데…
아 네….
감사합니다….
왜 기분이…

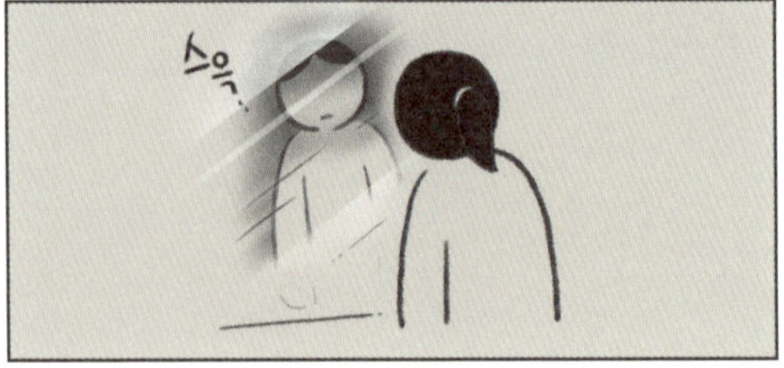

스으

손님 사이즈는
없어요.
ㅋㅋㅋ 대박
… 저기 봐.
저것도 여자냐?
야, 돼지야!
…나도 이제는,
달라지고 싶어.

그래,
대학 생활도 지금처럼
보낼 수는 없어.

합격통지서
성명   작은콩
대학   미술대학
수험번호   123......
생년월일   9
나는 '한다면
하는 사람'이니까!

대학에만 합격하면 인생이 달라질 줄 알았습니다. 선생님도, 부모님도, 세상 모든 어른이 학교에 다니는 내내 '합격'이라는 목표만을 이야기했지, 그 이후의 삶에 대해서는 아무도 말해주지 않았으니까요.

마치 동화 속 공주가 왕자와 만나 '오래오래 행복하게 살았습니다'로 이야기가 끝나고 그 뒤의 결혼 생활은 생략되는 것처럼요. 입시도 마찬가지였습니다. 원하던 학교에 합격하던 순간은 분명 행복했지만 그 기쁨은 오래 가지 않았습니다. 합격했어도 저는 여전히, 제가 싫어하던 제 자신의 모습 그대로였습니다.

그래서 제 인생의 두 번째 도전을 시작했습니다. 이번 목표는 다이어트였습니다. 물론 예전에도 여러 번 시도했었지만, 공부에 지장이 생긴다는 이유로 늘 중단됐죠. 하지만 이젠 달랐습니다. '나는 한다면 하는 사람'이라는 확신이 생겼으니까요. 먼저 운동을 시작했습니다. 동네 헬스장에 등록하고, 인터넷을 찾아보며 혼자 동작을 익혔습니다. 1:1 PT를 받을 형편은 아니었으니, 남들이 하는 대로 따라 하며 배워나갔습니다.

이어서 식단도 바꿨습니다. 처음에는 외국에서 유행한다는 다이어트 식단을 따라 해봤지만 터무니없이 적은 양 때문에 금방 포기했고요. 그래서 일반식을 먹는 대신 양을 줄이기로 했습니다.

인터넷에서 '식사 대용 저칼로리 쉐이크'를 추천하길래 마셔보기도 했지만, 가격이 비쌌습니다. 고민하다가 검은콩을 삶아 우유와 함께 갈아 마시기 시작했는데, 검은콩이 당시 유행하던 '웰빙 음식'이었고, 머리카락에도 좋다기에 딱 좋은 방법이라고 생각했죠. 처음엔 검은콩 우유로 하루 한 끼 정도를 밥 대신 먹다가, 나중에는 두 끼까지도 먹었습니다.

그렇게 몇 달을 꾸준히 하자 몸무게가 눈에 띄게 줄기 시작했습니다. 배도 들어가고, 턱선도 생기고. 아직 다른 사람들은 알아채지 못했지만 스스로 노력의 결과를 눈으로 확인한 건 큰 기쁨이었죠.

하지만 그만큼 부작용도 생겼습니다. 운동 후 허리와 무릎이 자주 아팠습니다. 체형과 체질에 맞지 않는, 출처 불분명한 온라인 정보를 전부 그대로 따라 한 게 문제였습니다. 음식도 몸에 맞지 않았습니다. 검은콩 우유

를 마시면 속이 더부룩해 가스가 차고, 설사를 하고 방
귀 냄새도 지독해졌지만 '단백질을 많이 먹어서 그런 거
겠지' 하며 대수롭지 않게 넘겼습니다. 나중에야 건강한
음식이라고만 믿었던 콩, 우유도 너무 많이, 잘못 먹으
면 건강을 해칠 수 있다는 걸 알았습니다.

　하지만 진짜 문제는 따로 있었습니다. 언젠가부터 세
상을 단순하게 나누기 시작했거든요. 먹어도 되는 음식
과 먹으면 안 되는 음식, 운동하는 날은 좋은 날, 쉬면
게으른 날. 아무리 지친 날이라도 예외는 없었습니다.
그렇게 서서히 균형이 무너지고 있었지만, 저는 그저 숫
자만 바라보며 안심했습니다. 체중이 줄고 있다는 사실
하나로 모든 게 잘되고 있다고 굳게 믿고 있었습니다.

어느 날 월경이 멈췄다

약 1년 후.
(염색함)
와, 너 예뻐졌다~!

난 15kg 감량에 성공했고
살 진짜 많이 빠졌다!
종아리 봐, 진짜 얇다. 대박.
어떻게 뺐어?!
아… 그… 저…;;;
주변 사람들의 시선도 달라졌다.

하지만 사실,
그때 나는 몸도 마음도 조금 아픈 상태였다.
콩 씨, 이거 먹어요!
일본 여행 다녀온 기념품이야~

밀가루에 초콜릿…
탄수화물이네.
(아르바이트 중)
감사합니다,
잘 먹을게요.

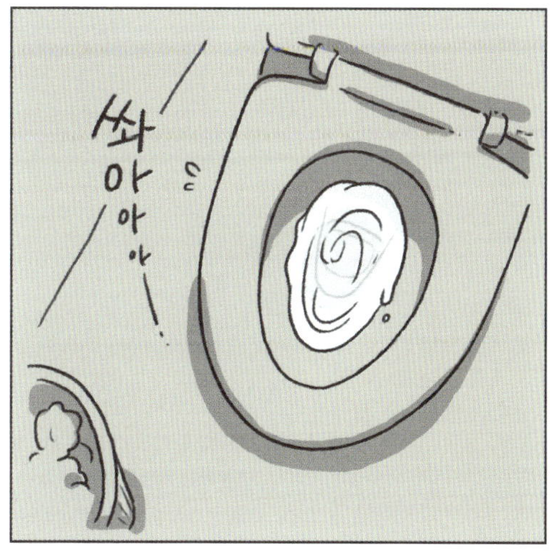

쏴아아

과자. 먹으면 안 되는 음식.
갖고 있다가
나도 모르게 먹을까 봐,
부숴서 화장실
변기에 버렸다.
포장지는 집에
가서 버리자.
그냥 버리면
들킬지도 모르니까…

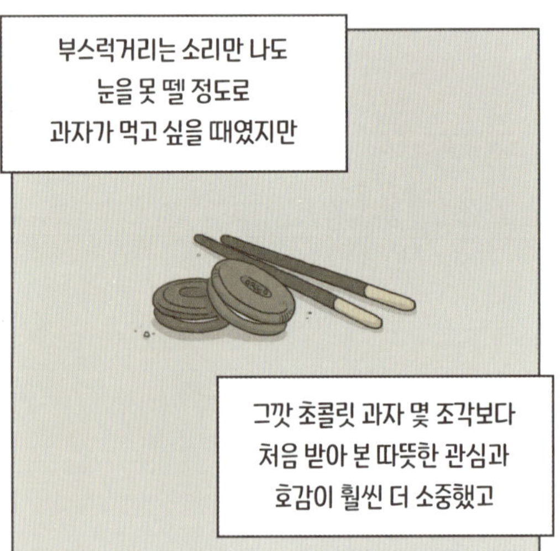

부스럭거리는 소리만 나도
눈을 못 뗄 정도로
과자가 먹고 싶을 때였지만

그깟 초콜릿 과자 몇 조각보다
처음 받아 본 따뜻한 관심과
호감이 훨씬 더 소중했고

살이
다시 찌면

그 어둡던 과거의 나로
돌아갈까 봐 두려웠다.

예쁘다.
대단하다.
네 흐흐
잘 먹었습니다.
과자 진짜
맛있죠?
그 마약 같은 칭찬들이

나를 더 다이어트에
목매게 했다.
아까 그 과자…
맛있었을 것 같아.

다이어트에 성공했습니다. 무려 15kg 이상을 감량했죠. 남들이 '좋아할 만한' 모습으로 나를 깎아내는 과정은 정말로 힘들었지만 효과는 있었습니다. 살이 빠지자 사람들의 시선이 바뀌었고, 게다가 듣기 좋은 학벌까지 더해지니 굳이 설명하지 않아도 사람들은 저를 '괜찮은 사람'으로 알아서 해석해 주었습니다.

예쁜 옷을 입고 꾸미며 술집이나 클럽에 가는 것도 더는 어색하지 않았습니다. 예쁘고, 능력 있고, 잘 노는 '새로운 내 모습'이 마음에 들었습니다. 타인이 저를 좋아하니, 저도 조금은 제 모습을 좋아하게 되더군요. 그래서 그때는 '아, 이게 바로 사랑받는다는 느낌이구나' 이렇게 생각했습니다.

하지만 겉보기에는 완벽했던 그때, 속에서는 조금씩 균열이 생기고 있었습니다. 무리한 다이어트로 식탐이 커지고 음식에 집착하기 시작했습니다. 몸의 대사 기능도 서서히 무너졌습니다. 저칼로리, 저지방 식단만 고집하다 보니 몸은 부족한 에너지를 깎아 쓰며 비상사태에

들이켰던 것이죠. 정신적으로도 예민해지고 쉽게 짜증을 내게 되었습니다.

시간이 지날수록 음식 집착은 더 심각해졌습니다. 하루 종일 먹고 싶은 생각뿐이었죠. 배가 고플 때면 음식 사진을 찾아보다 지쳐 잠드는 일이 다반사였습니다. 그러면서도 여전히 '클린식'이라 불리는 다이어트식만 먹었습니다. 식단을 어긴 날엔 벌이라도 주듯 굶었습니다. 그러다 주말이면 '치팅데이'라며 폭식을 했죠. 빵과 과자를 잔뜩 사서 먹고, 속이 더부룩하다고 술을 마시고, 끝내는… 먹은 것을 토하기까지 했습니다. 살이 찔까 봐 두려워서요.

하지만 그게 문제라는 걸 몰랐습니다. 평소엔 '건강하게 먹고 있다'고 믿었고, 심지어 인터넷에는 "조금씩 자주 먹는 것보다 한 번에 몰아 먹는 게 낫다"는 글도 있었으니까요.

절식과 폭식을 반복하던 어느 날, 월경이 멈췄습니다.

"너무 저체중이어서 그런 것 같아요."

걱정스러운 마음에 찾아간 산부인과에서 의사 선생님은 운동량을 줄이고 영양소를 충분히 섭취하라고 했습니다. 몸무게를 기준치 이상으로 늘려야 한다고요. 하지만 다시 살찌기는 죽어도 싫었습니다. 운동을 쉬면 배와

허벅지에 지방이 붙는 것 같았고, 그 생각만으로도 불안해 견딜 수 없었습니다.

고칼로리 음식을 먹은 날엔 밤늦게까지 유산소 운동을 해야 안심이 됐고, 몸살에 걸려 누워 있어도 '배가 나온 것 같다'며 헬스장으로 향했습니다. 발목을 다쳐 수술했을 때조차도 병실을 몰래 빠져나가 비상구 계단을 오르내렸습니다. 당연히 회복은 늦어졌고, 결국 저 자신뿐 아니라 주변 사람들까지 지치게 만들었습니다. 그렇게 몇 해를 살았습니다. 힘들었지만 멈출 수 없었습니다. 이게 진정으로 '건강한' 자기관리라고 믿었으니까요.

하지만 결국, 그 불타던 노력이 제 몸까지 태워버리게 된 걸까요? 어느 날, 오른쪽 검지 두 번째 마디가 아파져 오기 시작했습니다.

제가 류마티스라고요?

◆●◆

처음 증상이 생긴 건 2013년쯤이었습니다. 당시 저는 대학 방학을 이용해 디자인 보조 아르바이트를 하고 있었죠. 벌어 둔 돈으로 유럽 여행을 가는 게 목표였습니다. 그때 시급이 5,000원 정도였는데, 비교적 높은 편이라고 했으니 물가에서 세월의 흐름이 느껴지네요.

사회생활은 처음이었고, 학교에서 배운 것과 현장의 일은 달랐습니다. 잘하지 못하는 게 당연한데도 유달리 완벽주의 성향이 강했던 저는 사소한 실수에도 심하게 스트레스를 받았습니다. 수정을 요구받을 때면 '왜 자꾸 똑같은 일을 반복시키지?' 하며 속으로 분을 삼켰고, 작은 실수에도 부끄럽고 자존심이 상해 견디기 힘들어했습니다. 돌이켜 보면 걸음마를 갓 뗀 아이가 달리지 못한다고 괴로워하던 꼴이었죠. 그때 전 고작 스무 살을 넘긴, 아직 어른이 되지 못한 아이였을 뿐인데 말입니다.

손가락이 처음 아팠던 것도 그 무렵이었습니다. 처음엔 마우스를 많이 써서 생긴 통증인 줄 알았습니다.

파스를 붙이고, 찜질도 하고, 파라핀·물리치료까지 해
봤지만, 부기는 점점 심해졌습니다. 결국 다른 손가락과
관절까지 통증이 번지기 시작했죠. 이상함을 느낀 저는
인터넷을 뒤지다가 '류머티즘성 관절염'이라는 생소한
병명을 처음 알게 되었습니다.

혹시 몰라 다니던 동네 정형외과를 찾았습니다. "그럴
가능성은 별로 없어요." 의사 선생님은 제 나이에 이런
병이 생길 리 없다며 단정했습니다. 그도 그럴 게, 지금
은 젊은 류마티스 환자분들도 많이 늘었지만 당시엔 류
마티스가 주로 40~50대 이후 여성에게 발병하는, 그것
도 흔치 않은 질환으로 알려져 있었거든요.
　손목 통증도 단순한 손목터널증후군으로 오해하기 쉬
웠습니다. 평소 같았으면 저도 그냥 넘어갔을 겁니다.
하지만 이상하게도 그날은 불안한 예감이 들어 "그래도
검사 한번 해 주세요."라고 부탁했습니다.

며칠 뒤, 검사 결과를 들으러 다시 병원을 찾았을 때
의사 선생님은 조금 난처한 표정으로 말씀하셨습니다.
　"그… 대학병원에서 다시 검사해 보셔야 할 것 같아
요." 양성이 나온 것이죠. 그 말을 들었을 때, 불길한 예
감이 현실이 되어가는 기분이었습니다. "오류일 수도 있

다”라는 말에 희망을 걸었지만, 그날 밤은 인터넷에서 본 변형된 손가락 사진들이 머릿속을 맴돌아 끝내 잠을 이루지 못했습니다.

몇 주 후, 대학병원에서 받은 최종 결과. 작은 희망이 허무하게, 검사 결과지에는 ‘양성’이라는 단어와 정상의 몇십 배가 넘는 류마티스 수치가 분명히 적혀 있었습니다. 그렇게 저는 앞으로 오랜 세월 이어질 병과의 첫 만남을 맞이했습니다. 의학 용어도 낯설고, 의사 선생님의 설명도 어렵기만 했습니다. 그럼에도 한 가지는 분명했습니다. 이 순간부터는 되돌릴 수 없는 길 위에 서게 되었다는 것.

병원에서 돌아온 날, 저는 방문을 닫고 멍하니 앉아 있었습니다. 인터넷에서 본 변형된 손의 사진과 ‘그림 작가가 되겠다’는 제 꿈이 겹쳐 떠올랐습니다. 당연하게 여기던 건강한 미래가 갑자기 병이라는 수렁 속으로 빨려 들어간 기분이었습니다.

그때는 몰랐습니다. 진단은 한순간이었지만, 그 병을 받아들이는 데 얼마나 오랜 시간이 걸릴지, 그리고 얼마나 긴 터널을 혼자 견뎌야 할지를요.

나를 미워할 권리

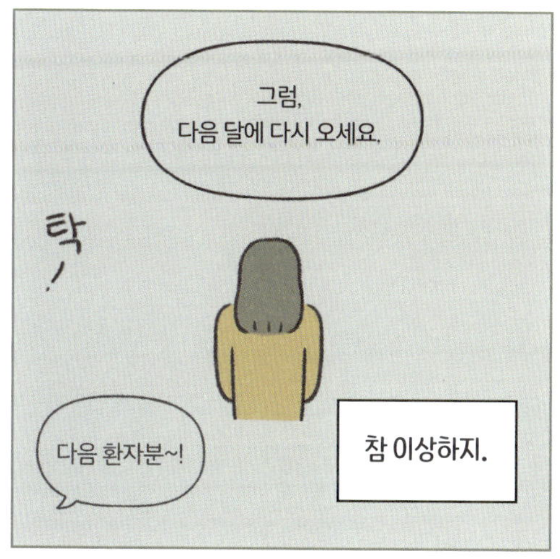

그럼,
다음 달에 다시 오세요.
탁!
다음 환자분~!
참 이상하지.

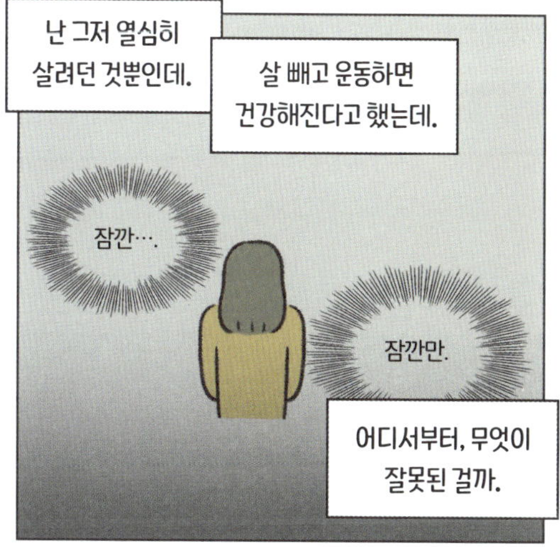

난 그저 열심히
살려던 것뿐인데.
살 빼고 운동하면
건강해진다고 했는데.
잠깐…
잠깐만.
어디서부터, 무엇이
잘못된 걸까.

사랑[명사] : 어떤 사람이나 존재를 몹시 아끼고 귀중히 여기는 마음. 또는 그런 일.

'나를 사랑하세요'라는 말이 참 듣기 싫었습니다.

사랑이란 게 대체 뭘까요? 과거의 제게 사랑은 '동경'에 가까웠던 것 같습니다. 제가 가지지 못한 것을 가진 이들을 부러워하는 동시에 좋아했으니까요. 예쁘고 사랑스러운 외모, 가만히 있어도 주변에 사람이 몰리는 매력, 대충 사는 것처럼 보여도 타고난 재능으로 모든 걸 해내는 사람들. 그들 앞에서 저는 한없이 초라했습니다. 예쁘지도, 특별히 타고난 매력도 없었고, 욕심은 많았지만 그 욕심을 감당할 만큼의 재능은 없었으니까요.

그래서 '자신을 사랑하라'는 말을 들으면 혼란스러웠습니다. 도무지 그 방법을 모르겠더군요. 생태계의 법칙이 그렇듯, 매력적인 존재에 끌리는 게 자연스러운 일인데, 내가 선택하지도 않은 이 몸뚱이를 어떻게 갑자기 사랑할 수 있을까 싶었습니다. 그래서 좋아 보이는 것들

을 스스로에게 덧씌웠습니다. 코피를 흘리며 공부했고,
뼈를 깎는 노력으로 살을 최저 체중까지 빼며 타인을
따라 삶의 방식과 생각까지 바꿔 나갔습니다.

잘 노는 사람처럼 보이고 싶어서 술자리와 클럽을 쫓
아다니고, 소심하게 보이기 싫어 남이 상처 주는 말을
해도 쿨하게 웃으며 넘겼습니다. 동경하던 그들을 닮아
가면, 나도 언젠가는 나를 사랑하게 될 거라 믿었죠.

처음에는 행복했습니다. 갖고 싶던 것들을 손에 넣으
니 내가 조금은 괜찮아 보였거든요. 하지만 그 행복은
그리 오래 가지 않았습니다. 손에 쥔 것은 금세 시들었
고, 그래서 또 다른 목표를 찾아 스스로를 채찍질했습니
다. 그렇게 노력은 곧 완벽주의로 변해갔습니다.

예쁜 외모를 유지해야 했고, 성적도, 아르바이트도, 인
간관계도 모두 완벽해야 했습니다. 체력은 이미 한계였
지만 '노력하면 된다'는 믿음이 있었기에 모자란 자신을
받아들일 수 없었고, 스스로 정한 기준에 닿지 못하면
게으르다며 가차 없이 미워했습니다.

하지만 그렇게 피를 말리며 살았어도 결국 저는 저를
사랑하지 못했습니다. 아니, 오히려 더 미워했습니다.
완벽을 쫓을수록 완벽하지 않은 나를 더 자주 마주해야

했으니까요. 아무리 노력해도 살은 다시 쪘고, 지쳐서
공부도, 일도 제대로 해내지 못했습니다. 살이 찔까 봐
친구들 모임에도 가지 못했고, 결국 또 혼자가 되어 남
겨졌습니다.

그제야 깨달았습니다. 노력으로 바꿀 수 없는 게 있다
는걸요. 호박에 아무리 줄을 그어도 수박이 될 수는 없
습니다. 나는 여전히 호박이었고, 아무리 애써도 그 본
질은 변하지 않았습니다. 누구보다 열심히 살려 할수록
아이러니하게도 자존감은 계속 낮아졌고, 더 스스로를
돌보지 않게 되는 악순환이 이어졌습니다. 그러다 병까
지 만나게 되면서 모든 게 엉망이 되어버렸죠.

대체 나를 사랑한다는 건 어떻게 해야 할까요? 남들
이 좋다는 걸로 채워보기도 하고, 온 힘 다해 노력해 보
기도 했는데, 그 결과는 망가진 몸과 점점 더 텅 비어가
는 마음뿐이었습니다.
아, 노력으로도 해결할 수 없는 것이 있구나. 내가 아
무리 노력해도, 나 자신을 바꿀 수는 없구나.
그런 나를 내가 스스로 사랑할 날은 오지 않겠구나.

살찐 것 같은데…?
얼굴 주변이
붓기 시작했다.

특별히 많이
먹은 것도 아닌데…
아냐, 요즘따라 식욕이
생겼던 것 같기도.
높은 염증 수치로 복용하던
스테로이드제의 부작용이었다.

붓기뿐 아니라
스테로이드제는 실제 식욕을 높여서
살이 쉽게 찐다는 말을 듣고
더 '관리'에
집착하기 시작했다.
안 되겠다.
앞으로 먹는 양을
더 철저히 조절해야지.

병이 생기고 나서
체력이 눈에 띄게 떨어졌음에도
여전히 칼로리에 집착했고
텅~
배고파….

오늘따라 더
힘드네….
아파도 운동을 절대
쉬지 않았다.
몸이 아프니까
더 움직이기 싫어….
아냐,
이럴 때일수록
운동해야 해.

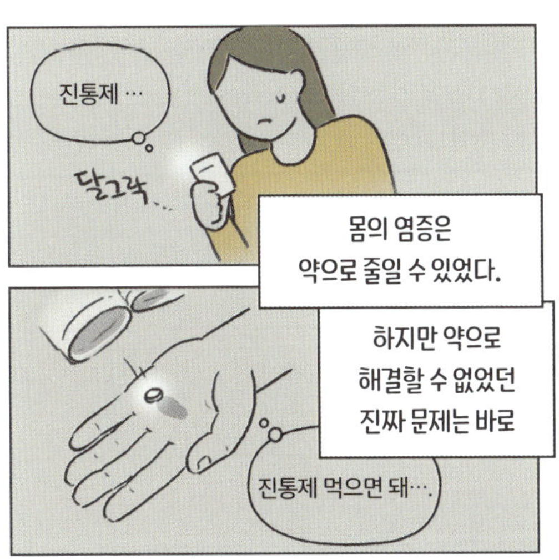
진통제…
달그락…
몸의 염증은
약으로 줄일 수 있었다.
하지만 약으로
해결할 수 없었던
진짜 문제는 바로
진통제 먹으면 돼….

여전히 나는,
아픈 것보다
자신을
있는 그대로 바라볼 줄
몰랐다는 것이었다.
배 나오는 게
더 싫어….

병이 생긴 뒤, 모든 게 짜증스러웠습니다. 스스로에게 안쓰러움 같은 건 없었어요. 슬펐던 건 단 한 가지, 병 때문에 하고 싶은 일을 마음껏 하지 못한다는 사실뿐이었습니다. 몸은 자꾸 아프다고 신호를 보냈지만, 저는 그저 귀찮고 화가 났습니다.

병원에는 약을 타러 갔을 뿐, 치료를 위해 간 게 아니었어요. 손가락이 휘어도 펴보려는 시도조차 하지 않았고, 통증이 생겨도 들여다보지 않았습니다. 엄마가 병에 좋다는 음식을 찾아 알려주어도 남의 일인 양 무관심했습니다. 통증이 심하면 진통제를 삼키고 몸의 소리를 강제로 잠재웠습니다. 귀한 물건이 물에 빠지면 누구나 건지려 애쓰겠지만, 소중하지 않은 것이라면 그냥 가라앉게 두겠죠. 그때의 저는 제 몸을 바로 그런 식으로 대했습니다.

"어차피 죽으면 썩어 없어질 몸이잖아."

대학 졸업을 앞두고 교환학생을 준비할 때, 저를 말리던 부모님께 내뱉은 말이었습니다. 해외에서 살아보는 건 오래된 꿈이었습니다. 하지만 류마티스는 환경 변화에 민감한 병이라 음식, 물, 공기 하나에도 어떻게 반응할지 알 수 없었죠. 도와줄 사람도 없는 곳에서 무거운 짐을 끌며 혼자 지내는 건 무모한 일이었습니다.

그럼에도 저는 떠났습니다. '이 기회는 다시 오지 않는다'라는 생각뿐이었죠. 6개월 치 약을 캐리어에 꽉꽉 채워 넣고, 아픈 몸을 이끌고 비행기에 올랐습니다.

예상대로 고생이 컸습니다. 증상이 너무 심해져서 예비용으로 가져온 약까지 다 써도 통증이 사라지지 않았고, 손가락이 부어 문고리를 열 수가 없어서 손목으로 문을 열어야 할 정도였습니다. 떠나기 전 한국에서 가까스로 돌아왔던 월경도 다시 멈췄죠. 하지만 상관없었습니다. 제게 몸은 그저 일을 하기 위한 도구일 뿐이었으니까요.

만 하는 일은 아니었습니다.

하지만 그때의 저는 '노력' 말고는 세상을 버티는 방법을 몰랐습니다. '열심히 하지 않는 것'이 '열심히 하는 것'보다 훨씬 더 어려웠습니다.

몸이 느려질수록 불안은 커졌지만, 그런 마음조차도 '열심히' 없애려 했습니다. 손이 아프면 다리를 움직였고, 발이 아프면 상체 운동을 했습니다. 온몸이 아파 누워 있어야 하는 날엔 머리라도 써야 한다며 책을 읽었습니다.

마치 빨간 구두를 신은 소녀처럼, 끊임없이 계속 아득바득 움직였습니다. 하지만 결국 제자리걸음이었습니다. 쉬지 않으니 몸은 더 아파졌고, 몸이 아플수록 불안은 깊어졌습니다. 악순환 속에서 무력감이 뼛속까지 스며들었습니다.

'이럴 거면 왜 태어난 걸까.'

어느 순간부터 무엇을 해도 즐겁지 않았습니다. 입맛도 잃고, 삶에 대한 애정도 식어갔습니다. 남들처럼 달리지 못한다는 사실이 서럽기만 했죠. 몸과 마음이 함께 무너져 병들어 갔습니다. 아픈 건, 몸이 아니라 마음이었습니다.

아파도 놓을 수 없는 것들

그렇게 학교는 졸업했다.
시간을 많이 쓴 만큼,
동기들보다
꽤 늦은 졸업이었다.

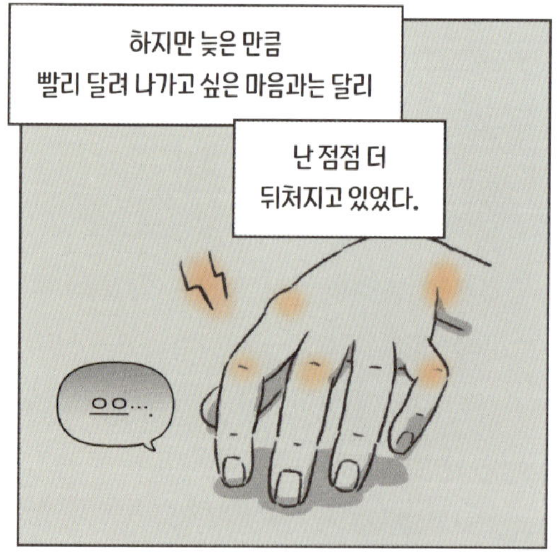
하지만 늦은 만큼
빨리 달려 나가고 싶은 마음과는 달리
난 점점 더
뒤처지고 있었다.
으으….

손가락 염증이 심해지면서 컴퓨터 작업이 어려워졌고,
어찌저찌 몸을 끌고 다니던 회사도 결국 그만두게 되었다.
별것 아닌 마우스 클릭이나 타자 치기조차 버겁다니….
다른 친구들이 대기업에 취업하고 회사를 차릴 동안
나는 약을 먹고, 파스를 붙이며 파트타임 일을 전전해야 했다.

일을 하면서도 어렵게 키워왔던 그림 작가라는 꿈도
그림 그리신다고요?
그림은 관절에 무리를 줄 수 있어요.
기약 없이 멈추어야 했다.

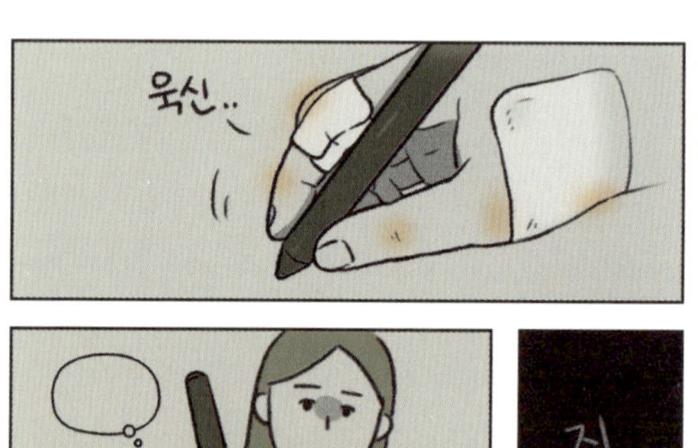

하지만 그동안 쌓아온 것을
포기하기 무서웠던 나는

몸의 비명을 들으면서도
모른 척, 눈을 감았다.

억울하고 서러운 마음에,
목구멍에 뜨거운
김이 차올랐다.

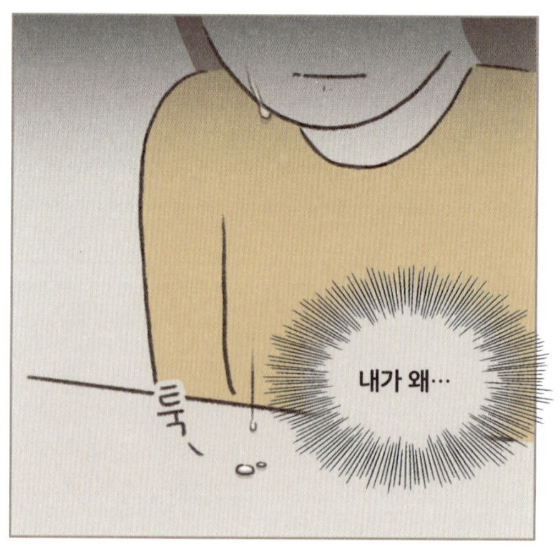
툭
내가 왜…

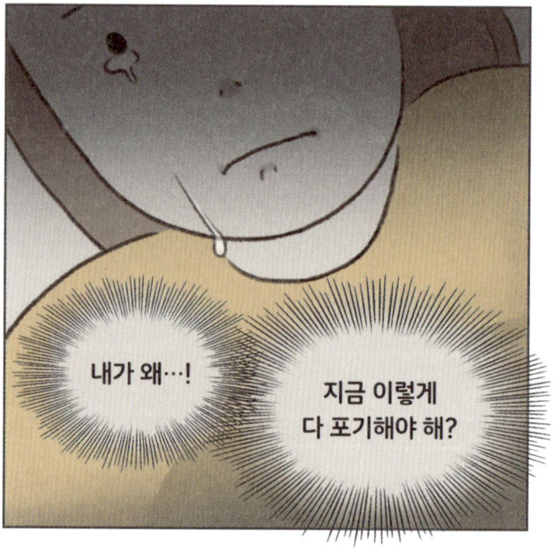
내가 왜…!
지금 이렇게
다 포기해야 해?

세상에는 더 막 사는
사람들도 많은데…
왜 나만
다 포기해야
하냐고….
끅…
끅…

◆ ● ◆

"그림 그리신다고요. 지금은 손을 많이 쓰시면 안 됩니다."

시한부 선고 같았습니다. 평생 그림 작가가 꿈이었던 제게 이제 더는 그림을 그리지 못할 수도 있다는 사실은 희망을 앗아가기에 충분했거든요. 사실 의사 선생님에게 듣기 전부터 이미 알고 있었습니다. 작업만 하면 손이 붓고 아팠으니까요. 그럼에도 그 사실을 애써 외면했습니다. 그림을 놓는다는 건 곧 나를 포기하는 일 같았기 때문이죠.

음식을 바꿔보면, 운동을 하면, 뭐든지 손에 잡히는 다른 것들을 바꿔보면, 좀 나아지지 않을까, 그래서 그림을 계속할 수 있지 않을까 하는 실낱같은 기대감을 안고, 손에 힘을 빼고 팔로 그려보기도 했지만, 아무 소용 없었습니다. 그냥 그리지 않아야 낫는 거였던 거죠.

손가락에 염증이 생기면 당장 붓고 아파서 힘든 것도 문제였지만, 더 큰 문제는 그대로 두면 변형되어 다시

돌아오기 힘늘다는 섯이었습니다. 심신의 휴식으로 해
결될 일이 아니었어요. 이러다간 정말 일상생활조차 어
려워질시도 몰랐습니다. 당장 생계도 벅찬데, 돈이 되지
않는 그림 작가의 꿈을 붙잡는 건 무모한 일이었습니다.

'…내가 언제부터 그림을 그렸더라.'
정확히 기억나지 않습니다. 다만 어릴 적부터 종이에
뭔가를 끄적이길 좋아했고, 그림을 그리면 어른들이 칭
찬해 주는 게 좋아 계속 그렸던 것 같아요. 피카소 같은
천재는 아니었지만, 그래도 작은 재능은 있었던지 특별
히 배우지 않고도 원근이나 보이지 않는 부분을 그리는
기본기 정도는 있었다고 엄마는 말씀해 주셨어요.

넉넉지 않은 형편에도 부모님은 저를 미술 학원에 보
내 그림 공부를 시작할 수 있도록 도와주셨습니다. 그
덕분에 그림과의 오랜 인연이 시작됐습니다. 그러다 좀
더 커서 만화책과 애니메이션을 접하면서부터 더 그림
에 푹 빠지기 시작했죠.
종이와 연필만 있으면 제가 원하는 세상을 만들어낼
수 있었거든요. 현실 속 나는 부족하고 초라했지만, 그
림 속에서만큼은 무엇이든 될 수 있으니 불만족스러운
현실을 대리 만족할 수 있었습니다. 그때 제게 그림은

가장 친한 친구이자, 삶이자, 꿈이었습니다. 그래서 미술 대학에 진학했고, 나보다 재능 있는 친구들 틈에서도 기죽지 않았습니다. 제겐 저만의 특별함이 있다고 믿었으니까요. 류마티스를 얻기 전까지는요.

병을 얻고 나서야 현실이 보였습니다. 손가락이 아픈 무명 작가. 특별한 사람인 줄 알았던 나는 지구 60억 명 중 그저 평범한 한 사람이었을 뿐이었습니다. 아직 이룬 것도 없고, 삶의 방향도 찾지 못했는데 시간은 무섭게 흘러갔습니다. 빠르게 나아가는 친구들을 보며 저는 불안에 휩싸였습니다.

'쉬면 뒤처질 텐데.'

아프면 쉬어야 한다는 건 알고 있었습니다. 그런데 이 병은 완치라는 게 없다고 합니다. 그렇다면, 저는 언제까지 쉬어야 할까요? 쉬면 다시 돌아올 수는 있을까요? 병은 마치 길에서 만난 강도처럼 갖고 있던 걸 전부 내놓으라고 하는데, 도대체 뭐부터 내놓아야 하는 걸까요. 일도, 생활도, 꿈도 그 무엇 하나도 쉽게 놓을 수가 없었습니다. 손가락이 붓고 아플수록 더 힘을 주어 전부 움켜쥐려 애썼습니다. 하지만 그러면 그럴수록, 어느 것 하나도 잡히지 않고 모두 멀어지고 있었습니다.

사람들은 말합니다. 자신의 속도를 지켜야 한다고, 천천히 살아도 괜찮다고. 하지만 저에게는 그 말이 공허하게만 들렸습니다. 힘없는 약자는 멈출 수 없습니다. 고라니가 빨리 달리는 건 속도를 즐겨서가 아니라, 살아남기 위해서입니다. 달리다 다리를 삐끗한 녀석은 곧 잡아먹힐 테니까요.

저는 치타가 아니었습니다.
그저 살아남기 위해 달리는 고라니였죠.

집에 가자

그만하고 집에 가자.
그러던 어느 날,
엄마가 찾아왔다.

이제 그만하고,
지금부터라도
치료에 집중해 보자.
평소였다면
무슨 소리냐며 화내고
또 싸웠을 텐데.

치료에도 때가 있어.
넌 아직 젊으니까, 충분히 회복하고 다시 설 수 있어.
엄마가 도와줄게.
일도 그만두고, 집에 와서 건강하게 식사도 챙기자.
지금은 알 것 같았다.

…그래.

모든 걸
내려놓아야 할 때라는 걸.

우리, 집에 가자.

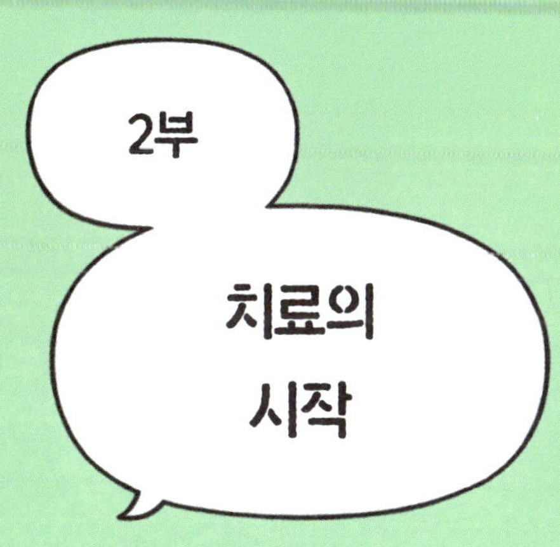

2부
치료의
시작

50년대생과 90년대생, 두 세대의 동거

…단 하나,
…어?

휘잉———··
?
…엄마,
내 책상에 있던 거,
혹시 버렸어…?

…아. 그거 버리는 거 아니야?
아니, 왜 ㅠㅠ 말도 없이 치워.
그렇게 두면 당연히 버리는 건 줄 알지.
애초에 네 방 너무 지저분해. 좀 치워!
…싸우는 것만 빼면.

나도 안다.
부모님 집에 얹혀사는 주제에 이것저것 따지는 건 사치라는 걸.
에휴..
(정리하는 중…)
부모님이야말로 다 큰 자식과 살기 더 불편하시겠지.

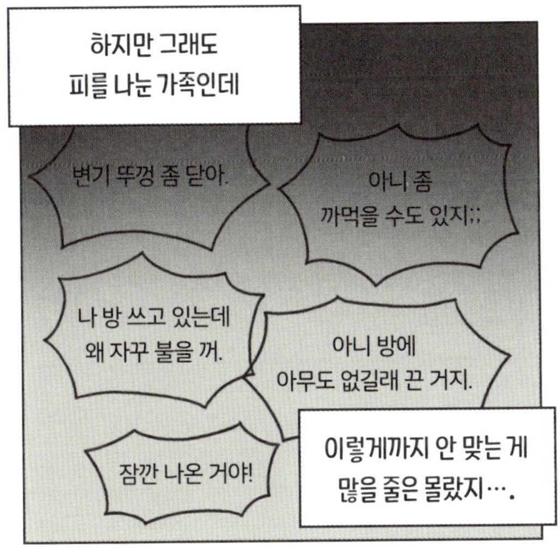

하지만 그래도
피를 나눈 가족인데
변기 뚜껑 좀 닫아.
아니 좀
깜먹을 수도 있지;;
나 방 쓰고 있는데
왜 자꾸 불을 꺼.
아니 방에
아무도 없길래 끈 거지.
잠깐 나온 거야!
이렇게까지 안 맞는 게
많을 줄은 몰랐지….

그전에는 정말 몰랐다.
이렇게 부모님과
표현 방식이 다를 줄은.
엄마 홈쇼핑 물건
별로니까 사지 마.
너 만나는 사람은….
아빠는 과자 좀
줄이고.
다녀오겠습니다.
어이구 잔소리….
(둘 다 나름대로
관심의 표현임)

역시 모든 동물은
머리가 크면 독립해야 하는 게
자연의 이치다.

의도치 않은
치료 의지 UP

빨리 건강해져서
독립해야겠어.

꾸욱

…그리고.

하지 마.

너 손 아프잖아.
집안일 하지 마.
나이 드신 부모님이
신경 써야 할 일도
늘어나니까.

부모님보다 허약한
자식이라니,
이래서 건강한 몸이
효도의 시작이라고 했나 보다.
이건 여기 두면 돼?
어, 응…,
고마워요.
미안….

혹시 내 관절염이 심해질까, 퇴행성 관절염이 있는 엄마는 나 대신 슈퍼우먼이 되고
됐어~~
엄마 내가 해도 돼!
여보 이것 좀 도와줘요~
내가 들게!!
들지 마.
아빠는 힘든 일은 무조건 자처하신다.

괜찮다며 웃는 얼굴.
으이구 괜찮어~~
하지만 난 보인다. 그 뒤에 쌓인 세월의 흔적이.

…더 나빠지면
안 돼.

그날 저녁
…어떻게 암을
극복하셨어요?

일도 다 그만두고
시골로 내려가서
스트레스 안 받고
쉬었죠.
…
밥도 배달 음식,
자극적인 음식 다 끊고
현미밥이랑
유기농 채소로
바꿨고요.

매일매일
운동도 하고요….
나도… 뭔가
조금 더 적극적으로
해볼까…?

운동 강박에서 벗어나기

"같이 걷기 해볼래?"

시작은 엄마의 권유였습니다.

"어디서 봤는데 류마티스 환자한테는 걷기 운동이 좋다더라."

그때부터 하루 1시간씩 걷기 운동을 시작했고, 지금까지 약 4년 정도 이어 오고 있습니다. 물론 날씨나 몸 상태에 따라 매일 하지는 못하지만, 힘든 날에는 짧게라도 걸으려 노력해 왔습니다.

사실 처음에는 걷기를 운동으로 좋아하지 않았습니다. 걷는 행동 자체는 싫지 않았지만, 그건 그저 산책처럼 느껴졌거든요. 운동이라면 땀을 흘리고 숨이 차서 누가 봐도 힘들어 보여야 진짜라고 믿었죠. 그동안 저에게 운동은 건강을 위한 것이라기보다 칼로리를 태워 지방을 없애는 수단이었습니다. 그래서 점점 더 강한 운동을 찾아 크로스핏이나 고중량 운동까지 시도했지요. 몸이 아픈 날에도 '근육이 줄면 어떡하나' 하는 불안감에 억지로 운동을 나갔었고요.

하지만 류마티스를 앓게 되면서 상황이 달라졌습니다. 처음에는 통증이 심하지 않아 뛰거나 점프하는 운동도 잘했지만, 시간이 지나면서 손목과 발목, 골반, 어깨로 통증이 번졌습니다. 전신 근육통과 무기력증까지 겹치자 움직이는 게 어려워졌습니다. 그렇다고 가만히 있으면 순환이 막혀 더 나빠졌기 때문에, 결국 '쉬운 운동'이라 여겼던 동작들이 필요해졌습니다. 병원과 인터넷에서 추천하는 운동들은 운동이라기에는 너무 단조로워 도저히 흥미가 생기지 않았고, 그중 그나마 덜 지루해 보였던 걷기를 시작하게 되었습니다.

시시할 거라는 예상과 달리, 막상 해보니 처음엔 훨씬 힘들었습니다. 조금 걷다 보면 금세 숨이 차서 중간에 쉬어야 했어요. 하지만 조금씩 익숙해지면서 30분이 40분이 되고, 40분이 50분이 되었습니다. 나중엔 1시간 넘게 쉬지 않고도 걸을 수 있었습니다. 마라톤 완주 같은 대단한 일은 아니었지만, 워낙 무기력했던 시기였던지라 이런 작은 성취도 꽤 기분이 좋았습니다.

특히 아침 일찍, 잠이 덜 깬 채 운동복을 입고 나와 걷다 보면 코끝에 밤새 나무들이 정화해 놓은 맑은 공기가 닿고는 했습니다. 그러면 복잡했던 머릿속도 한결 가벼워졌고, 밤에 잠도 훨씬 잘 왔죠.

무엇보다 걷기의 가장 큰 장점은 비교할 대상이 없다는 점이었습니다. 조용한 동네라 후줄근한 옷차림으로 나가도 신경 쓰는 사람이 없었습니다. 얼마나 빨리 걷는지, 얼마나 오래 걷는지 누구도 묻지 않았습니다. 헬스장에서처럼 괜히 눈치를 보거나 경쟁할 일도 없었죠. 그저 제 속도에 맞춰 걸으면 됐습니다. 그렇게 걷기를 이어 오다 보니 체력이 조금씩 회복되었고, 마음의 우울함도 옅어졌습니다.

다이어트의 수단이었던 운동이 그렇게 치료를 위한 과정으로 바뀌어 갔습니다. 힘들면 쉬고, 괜찮아지면 다시 움직였습니다. 몸과 마음이 서로 대화하는 것처럼요. 제가 몸을 배려하면 몸도 그만큼 저를 편안하게 해주었습니다.

예전에는 그렇게 느긋하게 자신을 돌보는 게 게으른 변명이라고 생각했지만, 이제는 그것이 가장 자연스러운 회복의 방식임을 압니다.

그동안 저는 운동의 의미를 오해하고 있었습니다. 남보다 더 무거운 중량으로, 더 오래 해야 한다는 강박은 건강한 자기 관리가 아니라 나 자신을 괴롭히는 또 다른 형태의 학대였습니다.

한쪽에서는 마른 몸을 이상화하고, 다른 한쪽에서는

폭식과 자극적인 먹방이 넘쳐나는 사회. 먹고, 또 다이어트와 운동으로 지방을 태우고, 끊임없이 몸을 괴롭히는 이상한 순환 속에서 저 역시 절 평가하고 몰아붙였습니다.

이제는 몸이 진짜로 원하는 소리를 들을 때가 왔습니다. 세상이 요구하는 몸이 아니라, 제가 살아갈 몸을 위해서요.

보글
보글
초라란~

첫 고비는
그리 멀지 않아
시작되었다.
맛있겠다….

◆ ● ◆

"고기, 유제품, 밀가루, 달거나 튀긴 음식은 피하세요."

병원 진료를 마치고 약국에서 약을 타는데, 약사 선생님께서 그렇게 말씀하셨습니다. '그럼 전 뭘 먹고 살라는 거죠?' 당황스러운 마음을 꾹 삼켰습니다. "아마 병원에서는 식이요법이 크게 필요 없다고 하겠지만, 안 드시는 게 나으실 거예요."

순간 머릿속이 혼란스러웠습니다. 의사 선생님은 신경 쓰지 말고 잘 먹기만 하면 된다고 하셨는데. 집에 돌아와 자가 면역 질환 식단을 검색해 보니 정말 제각각이었습니다. 어떤 사람은 그냥 다 먹는다고 했고, 또 어떤 사람은 뭘 끊으니 낫더라고 말했습니다. 그리고 그 뒤에는 언제나 '이걸 먹고 나았다'라는 민간요법들이 따라붙었습니다. 이런 비법들은 어찌나 다양한지, 100명이 있으면 1만 가지 방법이 있을 것 같았습니다.

어쨌든 불투명한 상황 속에서 딱 하나 확실해 보였던 건 '약만 먹어서는 낫지 않는다'라는 것이었습니다.

식단을 완전히 바꾸든, 영양제를 먹든, 18시간 단식을 하든, 아예 모든 걸 내려놓고 시골에 들어가 요양하든, 어쨌든 무엇이든 저만의 방법을 찾아야 했습니다. 약은 치료라기보다 증상 완화에 가까워서, 병원만 믿고 약만 먹다가는 부작용과 내성만 남고 병이 만성화된다는 말이 머릿속을 맴돌았습니다.

그래서 그중 가장 현실적으로 시도할 수 있었던 식이 요법을 시작했습니다. 염증 완화에 도움이 된다는 식단을 정리해 보니 대강 이랬습니다.

- 동물성 단백질(고기) 줄이기
- 단 것, 밀가루 식품, 유제품, 튀긴 것, 짜고 매운 것 줄이기
- 술(알코올) 금지 - 특히 맥주, 와인 등 발효주 금지
- 면역력 증강 식품 금지(홍삼, 프로폴리스 등)
- 그외, 먹고 나서 아픈 음식 금지

가장 먼저 줄인 건 고기였습니다. 이건 그리 어렵지 않았습니다. 부모님과 함께 살고 있으니 평소 반찬에서 고기 대신 두부나 채소를 더 먹으면 됐고, 원래부터 나물과 채소를 잘 먹는 편이었으니까요. 또한 조리법에 따라 염증 반응이 달라진다는 사실도 알게 됐습니다. 제

경우 삶은 고기는 염증 반응이 덜해서 꼭 먹고 싶을 때면 굽지 않고 삶거나 쪄서 먹었습니다.

다행히 해산물은 크게 문제 되지 않아 외식할 땐 초밥이나 샤브샤브, 샐러드 같은 메뉴가 좋은 대안이 되었습니다. 식단을 바꾸자 초심자 효과처럼 통증이 눈에 띄게 줄어들었습니다. '이게 되네?' 자신감이 붙어 다음 단계에 도전하기로 했습니다.

문제는 그다음이었습니다. 바로 유제품과 밀가루였습니다. 우유, 치즈, 요거트, 버터 등을 모두 끊으라는 말은 정말 충격이었습니다. 고기 없이는 살 수 있지만, 빵 없이는 살 수 없는 제겐 마치 사형 선고와도 같았죠. 하지만 실제로 유제품을 끊어 보니 염증이 확연히 줄어드는 것이 느껴졌습니다. 게다가 끊었다가 다시 먹으니 몸이 더 예민하게 반응해서 이전보다 더 붓고 아팠습니다. 자연스레 더 먹을 수 없게 되더군요.

이전에도 다이어트 때문에 음식을 조절했었지만, 이번에는 훨씬 더 어렵고 괴로웠습니다. 다이어트는 어겨도 살이 찌는 정도였지만 지금은 잘못 먹으면 몸이 아프고 망가지는 걸 직접 겪어야 했으니까요.

몇 달간 식이요법을 이어오자 효과는 분명했습니다. 속

쓰림을 일으켜 괴로웠던 수염 진통제를 줄일 수 있었고, 뼈와 피부를 약하게 만들고, 고혈압과 당뇨, 부종, 골다공증 등 무서운 부작용을 일으키던 스테로이드제 복용량도 줄었습니다. 정말 큰 성과였습니다.

하지만 조금씩 안성되어 가는 봄과 달리 제 인내심은 한계에 다다르고 있었습니다. 음식을 먹긴 하지만, 식욕이 채워지질 않았거든요. 두부, 버섯, 나물 같은 밋밋한 음식들뿐이었으니까요. 밤만 되면 좋아하던 음식들이 생각났습니다. 치즈가 주욱 늘어나는 피자, 매콤한 떡볶이와 바삭한 튀김, 더운 여름날 시원하게 먹던 버블티와 아이스크림, 버터 향 가득한 초콜릿 케이크, 눈처럼 하얀 치즈 가루가 뿌려진 파스타…. 그 맛들을 떠올리면 도무지 잠이 오지 않았습니다.

'이 정도는… 괜찮지 않을까?' 조금 통증이 줄어드니 금세 마음이 느슨해졌습니다. 결국 유혹에 못 이겨 금지 음식을 먹고 나면 어김없이 염증이 도졌습니다. 그리고 다시 자책이 시작됐습니다. 아무 일도 하지 않는 주제에 자기 몸 하나 제대로 못 챙긴다는 생각에 몸보다 마음이 더 쓰렸습니다.

더 큰 문제는 음식이 단순히 배를 채우기 위한 것이 아니었다는 점이었습니다. 사람을 만나고, 관계를 이어가는 데에도 음식은 필수였으니까요. 무엇을 먹을지, 피해야 할지 따지다 보니 일상생활이 점점 어려워졌습니다. 더 사람들과의 약속을 피하게 되었고, 혼자 있다가 외롭고 우울한 마음에 자꾸 우는 날이 많아졌습니다.

화가 났습니다. 병 때문에 이미 너무 많은 것을 내려놓았는데 이제는 먹는 즐거움마저 빼앗기다니요.

식단 조절은 정말 '잘해야 본전'이었습니다. 식욕은 생존의 본능이라 단순한 의지로는 통제하기 어렵습니다. 또한 아무리 열심히 지킨다 한들 병이 금세 낫는 것도 아니고요. 반면에 어쩌다 어기기라도 하면 순식간에 도로 아픔이 몰려왔습니다. 상은 없고 벌만 있는 고통의 굴레 속에서 '난 겨우 먹을 것 하나도 못 참나' 하는 좌절이 깊어졌습니다.

너무 쉽게 희망을 품었던 걸까요. 운동 조금 하고, 식이요법 며칠 했다고 몸이 조금 나아진 걸 보며 착각했는지도 모릅니다. 이번에도 '노력'이라는 걸 하면 병쯤은 이겨낼 수 있을 거라 믿었지만 그건 겨우 시작에 불과했습니다. 병은 일도, 꿈도 빼앗아 갔습니다. 그리고 이 정도로는 어림도 없다는 듯 이제는 제 삶까지 잘라 내놓으라고 말하고 있었습니다.

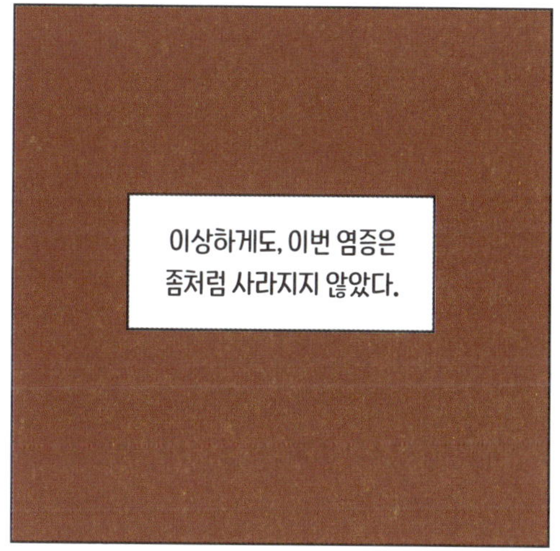

날 다 태워버려야 끝이 날까

어쩌다 시작된 염증이 좀처럼 가라앉지 않았습니다. 발단은 아주 사소했습니다. 그날따라 몸이 괜찮아서 컴퓨터 타자를 조금 오래 쳤고, 기분이 좋아 양배추 찜을 해두고 집안일을 조금 했을 뿐이었습니다. 그런데 그걸 했다고 다음 날 바로 손이 붓고 아픈 건 너무 가혹하지 않나요. 아니면 며칠 전, 못 참고 먹었던 떡볶이 때문이었을까요. 이유가 뭐든, 한 번 염증이 시작되면 몇 달은 꼬박 아파야 했습니다. 평소 자주 쓰는 부위가 주로 아프다 보니, 통증이 손끝 하나에만 있어도 아무 일도 못 하는 날이 많았습니다.

그럴 때 제가 할 수 있는 건 그저 멍하니 앉아 관절 찜질을 하는 것뿐이었습니다. 식이요법도, 운동도, 충분한 휴식도 다 해봤는데, 포기할 수 있는 건 이미 다 내려놓은 것 같은데, 붉게 부어오른 손가락은 여전히 벗어날 수 없다고 말하는 듯했습니다.

결국 예약일을 앞당겨 병원을 찾았습니다.

"약을 다시 더 늘려야겠네요. 아무래도 줄인 약으로는

잡히지 않는 것 같아요. 젊으시기도 하고 류마티스인자
수치가 높아서인지 병 진행이 생각보다 빠른 편이에요.
일단 진통제와 스테로이드제를 다시 늘려서 진정시키
고, 필요하면 면역 억제제를 추가합시다.”

그렇게 어렵게 줄였던 약을 또 늘려야 한다는 말에 속
이 서늘해졌습니다. 선생님은 그래도 이 정도면 다른 환
자들에 비하면 적은 편이라며, 더 많이 먹는 사람도 있
다는 위로 아닌 위로를 해주셨습니다.

“불이 난 것과 비슷해요. 일단 불부터 꺼야 하잖아요.”
불이 났구나, 내 몸에. 손쓸 방법을 모른 채 불타고 있
는 몸을 그저 바라보는 일은 참 낯설고 괴로웠습니다.
그렇게 약을 늘리자, 부작용이 다시 시작되었습니다. 머
리카락이 빠지고 얼굴은 붓고, 속이 더부룩했습니다.

병원도 참 종류별로 간다, 자조하며 이번에는 내과를
찾아갔습니다. 위염과 식도염이라고 하더군요.
“소염 진통제가 위에 부담을 주는 것 같네요.”
위염약이 하나 더 추가되었습니다. 친절한 의사 선생
님은 생활 습관도 관리해야 한다는 조언도 해주셨지만,
이미 허여멀건한 음식만 겨우 먹고 있던 제겐 그리 큰
도움은 되지 못했습니다. 약은 병을 낫게 하려 먹는 건
데, 왜 먹을수록 늘기만 하는 걸까요.

'이 병에는 끝이 있을까.'

붉게 부어오른 손가락을 바라보니 정말로 불씨 같았습니다. 점점 커져서, 나를 다 태워버리고 나서야 만족하고 꺼뜨려질 불씨.

막막한 마음에 문득 헨젤과 그레텔 이야기가 떠올랐습니다. 그들도 숲속에서 길을 잃고, 돌아오기 위해 빵조각을 조금씩 떼어 놓았지만 결국 길을 찾지 못했지요. 저 역시 병에서 벗어나기 위해 제 안의 많은 것들을 떼어냈습니다. 좋아하던 음식, 익숙한 생활 습관, 성격, 생각하는 방식…. 그 모든 건 제 '나다움'을 이루던 조각들이었습니다.

언젠가 병이 나으면 다시 찾을 수 있을 거라 믿으며 내려놓았지만, 너무 멀리 와 버려 이제는 되돌아갈 길이 보이지 않았습니다. 그렇게 반쯤 비워진 인생이 되었음에도 그게 옳은 선택이었다고 확신할 수는 없었습니다. 완치도, 변형의 멈춤도 없었으니까요. 불씨는 여전히 살아 있고, 남아 있던 관절들은 서서히 제 모양을 잃어갔습니다.

'더 최선의 방법은 없었을까.'
정답이 없는 길 위에서 후회만 가득히 남았습니다.

포기할 게 남아 있을 때 그래두 버틸 만했습니다. 그
런데 이제 더 내려놓을 것이 없다면, 남은 건 삼켜지는
일뿐일까요. 증상은 깊어지고, 통증은 매일 밤 빠짐없이
찾아옵니다. 지금까지 했던 만큼만으로는 안 된다는 걸
알았습니다. 하지만 또 무엇을 내려놓아야 하는지는 알
길이 없었죠. 병은 작은 실마리조차 주지 않았습니다.
눈앞에 보이는 건 텅 빈 갈래길 뿐이었습니다.

숨이 턱, 막혀옵니다.

어떤 감각이었더라

이른 여름 장마입니다….
온몸이 두들겨 맞은 듯 아팠다.
비 오는 날이면 관절염이 더 심해진다.

콩아, 많이 아프니?
봐봐. 손가락 부은 것 같은데….
스윽..
아니라니까. 신경 좀 쓰지 마요.
쓱..

끼익
탁
아프면 파스라도
붙여보지 그래….
꾸깃

아, 됐다고!!!
콱
마음대로 되지 않는 일들에
짜증이 늘었다.

알았어… 일단 나와.
밥 먹어야지.
생각 없어.
이따가 먹을게요.

집밥만 먹으니
입맛이 없지?
맛있는 거라도
먹으러 갈까?
그래도 끼니 때가 되면
밥을 먹어야 해.
병 치료하는 것도
일인데.

잘 먹어야 빨리 낫지….
꾸욱

벌
컥

배 안 고프다고!
가만히 집에서
탱자탱자 노는데
배가 고프겠어?
내가 지금 하는 게
뭐가 있다고!

낫는다고?
이 병, 완치 없다는
얘기 못 들었어요?
나 왜 낳았어.
이렇게 아무것도
못 하는 삶이면
사는 게 무슨
의미가 있냐고!

머리도 아파.
그냥 좀 내버려둬요!
콩

…

…최악이다.

나는 왜 걱정해 주는 부모님께 화를 내는 걸까.
엄마, 아빠가 무슨 죄가 있다고.
그러게 건들지 말라고 했잖아….
왜 이렇게 마음대로 되는 게 하나 없을까….

쏴-아---
그렇게 한참을 엎드려 있다가,
언제 잠들었는지도 모른 채 깼다.

집에는 아무도 없는지
온 사방이 고요했다.

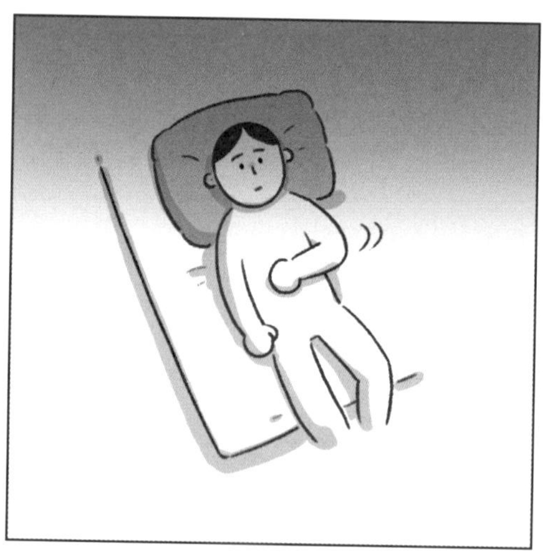

어떤 느낌이었더라?
'열심히 산다'는 게…
어떤 감각이었더라.
TV에 나오는, 모든 걸 걸고 도전하는
멋진 사람들처럼

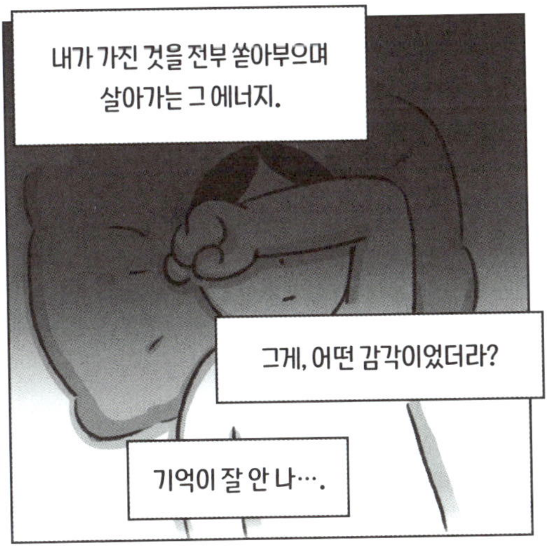

내가 가진 것을 전부 쏟아부으며
살아가는 그 에너지.
그게, 어떤 감각이었더라?
기억이 잘 안 나….

…나는, 왜 살아야 할까?
그냥 이대로,
내가 사라져 버렸으면
좋겠어….

미지근한 야채죽을 씹었습니다. 호박죽, 전복죽, 버섯 야채죽. 이제 웬만한 죽은 다 먹어 질릴 지경이었죠. 그 마저도 위가 부어서인지 금세 배가 차고 속이 쓰려 마음껏 먹을 수도 없었습니다. 예전 같았으면 억울하다며 화를 냈겠지만, 이제는 그런 감정조차 들지 않았습니다.

입맛이 없어 숟가락을 내려놓고 식어 가는 죽을 바라보았습니다. 먹다 만 초라한 죽이 꼭 제 모습 같았습니다. 한때는 뜨겁게 끓어 무언가 맛있는 결과가 나오기를 기대했지만, 좀 끓여보려다 망가져 죽도 밥도 못 되어버린, 식고 남은 찬밥 같은 인생. 쉬면서 치료하자며 부모님 집으로 돌아왔지만, 부모님이 출근하신 뒤 적막한 집에 혼자 남아 있자니 이건 치료라기보다 '멈춘 삶'에 가까워 보였습니다.

정신을 잃을 정도로 아프면 누워 있어도 덜 미안했을 텐데, 움직이기엔 아프고 가만히 있기엔 멀쩡해서 그 애매한 틈에서 답답하고 괴로웠습니다. 예전엔 주말이 짧다고 투덜대던 집순이였는데 이젠 하루가 한없이 길게 느껴졌습니다. 친구들을 만나고 싶어도 다들 바쁘고, 설령 만나도 같이 먹을 수 있는 게 없어 망설여졌습니다. 바람이라도 쐬러 나가고 싶었지만 일을 하지 못하니 돈이 없어 그마저도 주저됐습니다.

'하는 것도 없는데 왜 배는 고픈 걸까.'

배라도 고프지 않으면 이런 맛없는 걸 먹을 필요도 없을 텐데, 라고 생각했습니다. 그러게요. 배도 고프지 않고, 숨도 쉬지 않고. 이렇게까지 아무것도 못 하는 인생이라면 차라리 살아 있지 않는 쪽이 낫지 않았을까요. 그럼 아픈 것에서도 벗어날 수 있겠죠.

병이 제멋대로 절 괴롭히는 동안 감정은 점점 닳아 무뎌졌습니다. '그래, 다들 멋지게 사는 세상에서 난 다른 사람들에게 민폐만 끼치는 사람이지. 소파에 누워 홈쇼핑 채널 번호나 외우고, 남이 차려 준 밥상에서 젓가락질이나 하는 인간.' 삶에 대한 애정도 제 앞의 죽처럼 식어갔습니다. 미움도, 분노도, 결국 애정이 남아 있을 때나 가능한 감정이더군요.

그러다 어느 날 칼에 손을 베였습니다. 피가 났지만 아픈 줄도 몰랐고 약도 바르지 않았습니다. 아마 그때는 손가락이 하나쯤 잘려 나가도 무덤덤했을 것 같습니다. 며칠 뒤, 문득 들여다보니 딱지가 앉고 새살이 돋아 있었습니다. 피는 알아서 멈췄고 멍도 옅어져 갔죠.

몸은, 제가 절 미워해도 절 살리고 있었습니다. 제가 멈춰 있어도 계속 숨 쉬고, 음식을 소화하고, 상처를 아물게 했습니다. 수많은 세포가 매일 새로 태어났습니다. 그건 마치 몸이 절 현재로 불러내는 일 같았습니다. 여기 내가 살아 있다고. 지나간 일 말고 지금을 신경 쓰라고.

그림을 그릴 때면 빈 캔버스 앞에 앉아 첫 획을 긋는 순간이 가장 설레면서도 두려웠습니다. 잘못 선을 그었다가 모두 망쳐 버릴까 봐 무서웠거든요.

인생도 그랬습니다. 딱 하나뿐인 소중한 캔버스에 지울 수 없는 유성 매직으로 잘못 선을 그어버린 기분이었어요. 하지만 내가 원래 그리려던 것이 아니어서 속상하다고 계속 손을 놓고 울고만 있을 수는 없었습니다. 캔버스와 달리 인생은 살아 있는 것이기 때문이었으니까요. 아무리 속상해도 제 몸은 제게 삶을 요구했습니다.

결국 다시 수저를 들었습니다. 지금의 제게 필요한 건 거창한 열정이 아니라 그냥 받아들이는 일이었습니다. 식어버렸어도 여전히 자신이 살아 있다는 사실을. 부족했던 과거도, 완벽하지 않은 현재도. 못난 내 모든 부분을, 삶의 구석구석을 인정하고 깊숙이 끌어안아야 했습니다.

변화의 시작

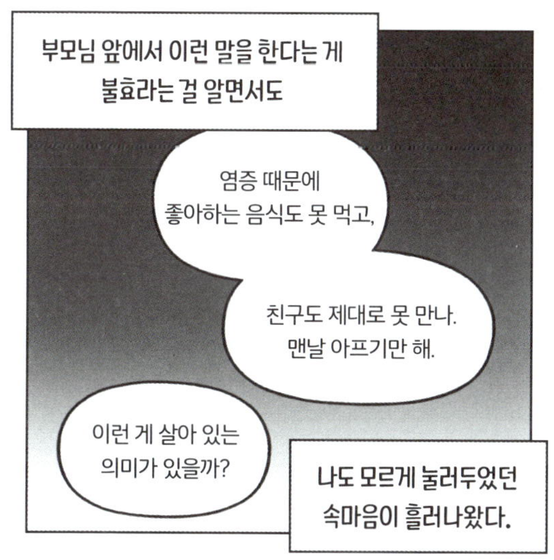

부모님 앞에서 이런 말을 한다는 게
불효라는 걸 알면서도
염증 때문에
좋아하는 음식도 못 먹고,
친구도 제대로 못 만나.
맨날 아프기만 해.
이런 게 살아 있는
의미가 있을까?
나도 모르게 눌러두었던
속마음이 흘러나왔다.

…콩아.
속상하시겠지….
다 내 탓이야.
네가 몸이 약한 건.

무슨 말이야.
이게 왜 엄마 탓이야.
너 가졌을 때 엄마가
좋은 걸 많이 못 먹어서
그런가 봐.
그땐 넉넉지 않아서…
뭐든 아꼈거든.

생각해 보면
너는 아기 때부터
몸이 약했는데….
음식이든 영양제든
뭐라도 잘 챙겨야 했는데
그땐 먹고살기 바빠서
생각도 못 하고 살았어.

엄마가 미안해.
더 잘 못 챙겨줘서.

푸욱…
…엄마가
뭐가 미안해.
나야말로
미안해.
열심히 키워놨더니
이런 소리나 해서….

콩아.
엄마는 요즘,
자꾸 네 어릴 적
생각이 나.

꿈이 뭐냐고 물어보면
하고 싶은 게 너무 많다며
매일매일 꿈이 바뀌던 너.
짠—
ㅎㅎㅎ
엄마 아빠 힘든 게 싫다며
얼른 돈 벌어서
효도하겠다고 웃던 너.
그때
넌 참 밝았는데.

그랬던 네가 어쩌다
이런 병에 걸렸을까….
세상으로 뻗어가야 할 나이에
이렇게 누워만 있으니
얼마나 답답하니.
차라리 엄마가 대신
아프면 좋겠어.

엄마가 전생에
업보를 쌓았나 봐.
미안하다. 널 이렇게 만든
엄마를 원망해.

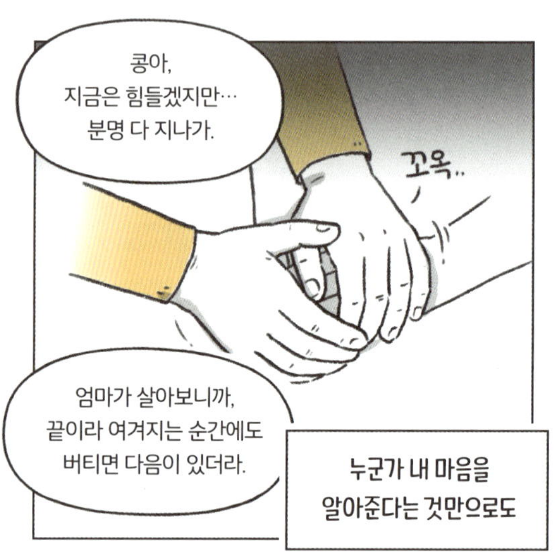
콩아,
지금은 힘들겠지만…
분명 다 지나가.

꼬옥..

엄마가 살아보니까,
끝이라 여겨지는 순간에도
버티면 다음이 있더라.

누군가 내 마음을
알아준다는 것만으로도

이미 치유받은
기분이었다.

힘들면 힘들다고 해도 돼.
짜증도, 투정도 괜찮아.

엄마는 다 괜찮아.

그러니까 이제 밥 먹자.
내가 이런 마음을 받아도 될까?
나 같은 사람도?

나조차도 소중히 여기지 않던 나를 소중히 여겨주는 사람들이 있어,
우걱
우걱
내가 못나도 버려지지 않는다는 그 감정이

나를 다시, 살게 했다.
천천히 먹어.
그렇게, 변화는
조금씩 시작되었다.

넷 해 전 아버지께서 정년퇴직을 하셨습니다. 어린 나이 때부터 사회생활을 시작하셨으니 최소 50년은 내내 일을 하신 거죠. 만약 두 분이 저를 키우지 않고 번 돈을 그대로 저축했다면 꽤 큰 금액을 모을 수 있었을 겁니다. 하지만 30년 넘게 제 뒷바라지를 하시느라 노력에 비해 편안한 삶을 누리지 못하셨습니다. 지금도 그 고생은 진행 중이고요.

"내가 없었으면 더 편하게 살았을 것 같지 않아?"

종종 상난처럼 '과거로 돌아가면 나 낳지 마'라고 했습니다. 은퇴 후 자유롭게 여행도 다니며 삶을 누릴 시기에, 자식에게 효도를 받기는커녕 다 큰 자식놈 투병 뒷바라지하며 고생하시는 게 죄송스러웠기 때문입니다. 그동안 속은 또 얼마나 썩여 드렸던가요. 만약 시간을 되돌릴 수 있다면, 나 같은 족쇄는 모른 채로 훨훨 자유롭게 사시라고 말해주고 싶었습니다.

그런데 엄마가 그러시더라고요.

"괜찮아, 너는 그냥 행복하게만 살아. 자유롭게, 하고

싶은 거 하면서. 우리가 뭐든 다 도와줄게. 네가 잘 사는
거, 그게 우리에겐 행복이야."

어릴 적, 자전거를 처음 배울 때가 떠오릅니다. 겁이
많아서 아직도 혼자 보조 바퀴를 떼지 못한 채 다른 친
구들만 부러워하는 제게, 부모님께선 뒤에서 잡아줄 테
니 걱정 말고 타보라고 등을 두드려주셨죠.
"잡고 있지?"
"그래~"
"아직 잡고 있지?!"
"…"
"…아니, 이상한데. 놨지? 놨지?! 안 놓을 거라며어~!"
뒤에다 대고 자꾸만 확인했지만, 안타깝게도 점점 멀
어지는 대답 소리에서 이미 손을 놓으셨다는 걸 알 수
있었습니다. 아, 맞다. 부모님은 거짓말쟁이셨지. 치과
갈 때도 안 아프다는 말에 속았고, 설날 때 보관해주신
다던 용돈은 돌아오지 않았었는데. 왜 매번 이렇게 잘
속는 걸까요.
하지만 누군가 뒤에서 지켜봐준다는 사실만으로도 그
게 꼭 보조 바퀴처럼 든든하게 느껴져서, 이상하게 넘어
지는 게 무섭지 않았습니다. 이왕 이렇게 된 거 나 혼자
서도 얼마나 잘하는지 보라는 듯 씩씩하게 페달을 굴렀

습니다. 그리고 그날 이후, 더이상 보조바퀴를 달지 않아도 되었습니다.

시간이 지나 더 자라서 중요한 시험을 치르고, 처음으로 운전을 배우고, 또 자신을 증명해야 하는 새로운 도전을 할 때마다 부모님은 항상 그 자리에 계셨습니다. 너무 가깝지도, 멀지도 않은 거리. 두발자전거를 처음 탔던 그날처럼, '넌 할 수 있다'는 믿음을 담은 시선으로 지켜봐 주고 계셨죠. 하지만 페달을 밟아 앞으로 나아갈수록 그 모습은 점점 멀어져 작아져서 어느새 잊어버리게 되었습니다.

정신을 차려보니 이 세상은 누구나 당연하게 자기 몫 이상을 해내야 하는 차가운 곳이었고, 한심하게 넘어진 제 뒤에는 더 이상 아무도 없다고 생각했습니다. 하지만 이제 다 끝이다, 포기할 때쯤 어디선가 나타나 일어나라며 내미는 투박한 손을 보고 그제야 기억이 났습니다. 여전히 그 자리에 있었다는 것을요. 뒤를 지켜주는 그런 사람이.

병이 난 이후로 제 몸은 페달이 고장 난 자전거 같았습니다. 아무리 힘주어 굴러보아도 움직이지 않아 내려서 억지로 끌고 가보기도 하고, 미워서 버려두고 방치해

보기도 하고, 애먼 데 힘을 쏟다 지쳐서 결국 바닥에 고물 자전거를 던져버리고 널브러져 버렸습니다.

어쩌면 또 거짓말일지도 모릅니다. 다시 해낼 수 있다는 말도, 넘어져도 괜찮을 거라는 말도. 그래도 상관없었습니다. 어차피 뒤를 잡아주는 손은 금방 놓을 것이고, 중심을 잡고 나아가야 하는 것은 핸들을 잡은 내 손과 페달을 구르는 내 발임을 알고 있지만, 그럼에도 넘어졌을 때 뒤를 돌아보면 언제든 달려와 줄 사람이 있다는 사실 그 자체가 이미 큰 힘이 되어준다는 것을 알고 있었으니까요.

다시 천천히 손잡이를 잡아봅니다. 흔들리는 중심을 잡으려 애써보며 생각합니다. 실은 나도 거짓말이었다고. 말로는 나한테 애써봤자 그만한 품값도 못 얻을 거라며 퉁명스레 말했지만, 속으로는 참 다행이었다고요.
너를 낳은 게 후회스럽다고 하지 않아서. 아픈 네 존재
가 의미없다고 미워하지 않아서. 세상 모두가 다 쓸모없
다고 말하는 고장 난 내 인생도, 이렇게 다시 돌아올 곳
을 남겨주어서. 그렇게 튼튼하고 강한 마음으로, 흔들리
고 넘어지더라도 다시 일어나 페달을 구르며 기어코 살
아내고 있습니다.

80%만 애쓰는 삶

늘 노력하며 살아왔습니다. 그건 너무나 당연한 일이었습니다. 제가 보아온 세상은 언제나 "120%를 해내라"라고 외쳤으니까요. 남들이 100%에 만족할 때, 그보다 더 해야 성공하고 사랑받을 수 있다고요. 그렇게 앞선 이들의 모습은 너무 빛나 보여서, 모자란 저도 그들처럼 하면 그 빛을 조금쯤 가질 수 있지 않을까 좇았습니다.

그 믿음은 휘발유에 붙은 불처럼 마음속 욕망에 불을 붙였고, 결국 그 불은 저 자신을 태우는 심지가 되었습니다. 어디로, 왜 가는지도 모른 채, 누가 더 높이, 더 멀리 가는지 '노력'조차 경쟁하고 있었습니다. 빛나고 싶어 태운 것이 사실은 나 자신이었다는 걸 너무 늦게 알았죠.

이제는… 그만 태우고 싶습니다. 한순간 번쩍이고 사라질 불꽃 같은 삶이 아니라, 크게 빛나지 않아도 따뜻하게 오래도록 사랑하는 사람들과 함께 숨 쉬며 살아가고 싶습니다. 비록 이런 모습으로는 사랑받지 못한다 해도 괜찮습니다. 돌이켜 보면, 내가 불타오를수록 좋아하던 사람들은 그저 멀찍이서 불구경하던 구경꾼들 뿐이었을 테니까요. 정말로 소중히 해야 할 건 그동안 태워 왔던 '나 자신'이었습니다. 그 사실을 불에 데고서야 깨달았습니다.

물론 매일이 이상적일 수는 없습니다. 여전히 잘나가는 사람들과 비교하며 괴로워하기도 하고, 무언가를 할지 말지 선택 앞에서 망설이기도 합니다.

그래도 예전보단 달라졌습니다. 이젠 몸을 80%만 쓰는 법을 배웠고, 과거보다 마음이 한결 편안해졌습니다. 어느 날 문득 깨달았습니다. 몸이 건강했을 때보다 지금의 내가 오히려 더 긍정적이고 밝아졌다는 사실을요.

무언가를 계속 이루어야만 행복한 건 아니었습니다. 결국 어떤 상황이든, 그 안에서 어떻게 살아내느냐가 더 중요했습니다.

생각해 보면, 그동안 나를 괴롭혀온 건
병이 아니라… 나 자신이었는지도 모릅니다.

향 좋다~

앗, 그러고 보니…

이제 나, 디카페인 차
잘 마시네?
처음에는 관절염
때문에 커피 끊는 게
그렇게 억울했었는데.

나에게 맞는 노력 찾기

- 아침에 일어나면 20분 족욕하며 관절을 풀어주고, 매일 50분 정도 걷기.

- 식사는 최대한 자극적이지 않은 음식들로. 동물성 단백질, 당분, 유제품, 튀김, 밀가루 줄여보기.

- 손 쓰는 일은 최대한 피하고, 중간중간 휴식시간 갖기.

- 꾸준히 근력 운동하기. 단 아픈 부위는 제외하고, 절대 무리하지 말 것!

- 가장 중요한 휴식. 시간 낭비가 아님을 명심하기. 때론 답답하겠지만…
  '참고 기다리는 것'도 노력임을 배우기.

'몸에 좋은 음식'이란 없다

요리를 시작했다.
쨔잔─!

먹고 싶은 음식을 무작정 참는 건
지속이 어렵다는 걸 배웠고,
그렇다고 아무렇게나 먹기에는
음식이 몸에 미치는 영향력이 컸다.
오… 유제품 없이
빵을 만들 수 있다고?
우유 대신 두유,
계란 대신 바나나….
그래서 맞지 않는 재료를
대체해 만들어 보기로 했다.

…사실 처음에는
실패도 많이 했지만
이게 빵이야,
벽돌이야.
못 박아도 되겠네.

이거 먹어봐요~
아, 아냐 배불러서.
난 속이 안 좋아….
그래도 계속
도전하니까

이번엔 과연…?!
두
둥-!

우와~~
먹음직~
결국 발전하더라.

비록 대단한 건 아니었지만
찰칵
찰칵

냠..

이런 것도 나름 성취라고,
해내고 나면 뿌듯해서
…!!
맛있다…!
잠시나마 무거운
생각을 잊을 수 있었다.

그뿐만 아니라
여러 재료를 직접 다루다 보니

어떤 걸 먹어야 하는지
더 확실하게 보이는 듯했다.

현미 가루는 소화가
잘 안 되는 것 같고.

토마토는
속이 쓰릴 때는
피해야 해.

'좋은 음식'이라고
굳게 믿었던 음식들이
의외로 먹고 나서
아프기도 했고,

닭가슴살만 먹으면
관절이 붓네.

'나쁜 음식'이라고
생각했던 것들이 되려
잘 맞기도 했기 때문이다.

현미보다 흰쌀밥이
더 속이 편하잖아?

인터넷에서는 무조건
칭찬 일색이던데….

현미의 효능
다이어트에 도움이 되고
식이섬유가 풍부해서
변비 예방되고, 장에 좋고
해독작용도 되고…
하여간 다 좋음.

무슨 만병통치약이라도
되는 것처럼 말이지.

…

'몸에 좋은 음식'이란 없었다.

답은…
멀리 있지 않았어.

그저 그때그때,
'내 몸에 맞는 음식'만 있을 뿐.
가장
가까이에 있는,
내 몸이
말하는 걸 먼저 들어야
하는 거였어.

"배가 안 고파도 때가 되면 먹는 거야."

부모님과 함께 살기 시작한 초기에 가장 많이 부딪혔던 건 식사 문제였습니다. 배가 고프지 않아도 밥을 꼭 챙겨 먹으라는 부모님과, 배가 안 고프면 굳이 먹지 않겠다는 저 사이엔 늘 신경전이 이어졌죠.

TV 속 연예인들도 세 끼 다 먹으면 살찐다고 하잖아요. 활동량도 많지 않은데 끼니를 전부 챙기는 게 오히려 해롭다고 생각했습니다. 게다가 식이요법 중에 먹을 수 있는 음식은 뻔하고 맛도 없었어요. 매일 비슷한 나물 반찬에 밍밍한 국. 이럴 바엔 차라리 굶는 게 낫다는 생각이 들 때도 있었습니다.

가장 불만이었던 건, 밥은 먹으라면서 시리얼이나 떡 같은 식사 대체식은 못 먹게 한다는 것이었습니다. 입맛 없는 아침, 슬쩍 시리얼과 두유를 꺼내면 여지없이 "그건 밥이 아니다"라는 잔소리가 돌아왔죠.

하지만 간식을 별로 못 먹는 제게 그런 음식들은 작은 위로였습니다. 제대로 된 식사와 비교하면 영양소가 부

족하다는 것을 알고 있었지만, 그래도 칼로리는 채우는
데 이게 왜 문제일까, 싶었습니다.

그러다 생각이 바뀐 건 '간헐적 단식'이란 걸 접한 후
였습니다. 공복을 유지하면 살도 빠지고 면역 안정에 좋
다는 말에, 나도 한번 해볼까 싶어 아침을 거른 채 외출
했던 어느 날이었습니다.

버스 안에서 갑자기 숨이 가빠지고 몸에 힘이 빠졌습
니다. 집으로 돌아와 급히 밥을 먹고서야 겨우 진정됐
죠. 확실한 원인은 알 수 없지만, 제가 저혈압에 빈혈이
있었고, 오래된 만성 염증으로 체력이 떨어져 있었다는
점이 영향이 있었던 건지 모르겠습니다.

어쨌든 이후로는 배가 고프지 않더라도 외출 전엔 꼭
식사를 하게 되었고, 식사 습관을 바꾼 후 체력은 눈에
띄게 좋아졌습니다. 이제는 피 검사 때문에 공복 상태
로 병원에 가도 패닉 상태에 빠지지 않을 정도로 회복
이 되었습니다. 큰 문제가 없는 지금도 여전히 갑작스러
운 에너지 방전에 빠지지 않도록 식사 시간은 꼭 지키
고 있죠. 음식은 단순히 맛과 즐거움을 위해 먹는 것이
아닌, 살기 위해 필요한 '연료'라는 것을 깨닫게 된 것입
니다.

그동안 전 오랫동안 음식에 대한 두려움을 갖고 있었습니다. 언제나 적게 먹는 게 미덕인 세상 속에서 먹는 건 나쁜 일, 자제해야 할 일이라고 믿고 살았죠. 다이어트할 때도 그랬지만 병을 앓은 후부터는 더더욱 음식이 무서웠습니다.

 단식이 누군가에겐 도움이 될 수 있지만, 저체중 환자에게는 독이 될 수도 있습니다. 몸에 나쁘다는 설탕이 든 고칼로리 간식도 에너지가 부족한 이들에겐 필요한 에너지원이 되기도 합니다. 결국 중요한 건 내 몸의 상태를 알고, 그때그때 적절히 선택하는 일이었습니다.

건강할 때는 들리지 않던 몸의 소리를 병이 나서야 들을 수 있게 됐습니다. 어쩌면 병이란, 오랫동안 자신을 돌보지 않던 주인에게 몸이 보내는 마지막 경고였는지도 모르겠습니다. 그렇게 저는 몸과의 관계를 다시 맺어가기 시작했습니다.

L 사이즈 옷을 입고서 알게 된 것들

예쁜 옷과 구두가 좋았습니다. 짧은 치마는 불편했고, 꽉 끼는 옷은 소화가 되지 않아 배가 더부룩했지만, 그래도 보기 좋게 예뻤으니까요. 예쁜 옷을 입으면 '여자답지 않다'고 놀림 받던 과거의 나에게서 벗어날 수 있을 것 같았습니다.

하지만 아무리 살을 빼도 여성복은 제게 작고 불편했습니다. '여성'복이라 쓰였지만, 실제로는 작고 마른 여성만을 위한 옷이었습니다. 키가 크고 손발이 큰 저는 늘 예외였죠. '프리 사이즈'라 적힌 옷이 이토록 프리하지(자유롭지) 않다는 건, 참 역설적인 일이었습니다.

하루는 신발 가게에서 좀 더 큰 사이즈를 찾다가 이런 말을 들었습니다. "그렇게 편한 신발만 신으니까 발이 펑퍼짐해졌잖아요." 그날 집에 돌아와 겨우 사온 작은 신발에 억지로 발을 욱여넣으며 생각했습니다. 차라리 발가락이 요만큼만 없었으면 좋겠다. 지금 돌아보면 얼마나 어리석은 생각이었는지요.

아픈 지금은 그 발가락 하나가 얼마나 소중한지, 걸을 수 있다는 게 얼마나 큰 복인지 절실히 압니다. 하지만 그때의 저는 예쁘지 않다는 이유로 멀쩡한 제 몸을 미워했습니다. 옷이 잘못된 게 아니라, 내 몸이 잘못된 거라고 생각한 거죠.

그러다 류마티스를 진단받고 나서 조이는 옷과 신발과 안녕을 고하게 되었습니다. 이제는 예쁜 게 아니라 편안한 것을 골라야 했습니다. 신발장은 구두 대신 운동화로, 옷장은 치마 대신 넉넉한 바지와 티셔츠로 채워졌습니다. 처음엔 억울했습니다. 병 때문에 이제는 옷도 내 맘대로 못 입나, 싶어서요.

그런데 점차 이 편안함이 좋아지기 시작했습니다. 조이지 않는 옷을 입으면 속이 편했고, 넉넉한 운동화를 신으면 발이 아프지 않았습니다. 몸이 편하니 행동도, 마음도 자유로워졌습니다. 예전엔 M 사이즈 이상의 옷을 입는 게 두려웠었는데 이제는 그렇지 않습니다.

우리 바깥에 미운 오리 새끼라 여겼던 제 모습은 사실

울타리를 넘어 날아갈 줄 아는 새였습니다. 그렇게 저는 비로소 '여자'가 아니라 그냥 '하나의 인간'으로 서는 법을 배웠습니다.

지금은 남성복을 자주 입습니다. 어깨와 팔이 넉넉하고 주머니가 많아 편안합니다. 유니섹스 디자인도 많아져 여자인 제가 입어도 이상하지 않고요. 이런 패션도 저 나름의 개성이라고 생각합니다.

몸에 편한 옷을 입고, 내게 맞는 음식을 먹고, 무리하지 않는 삶을 삽니다. 병이 없었을 때보다 지금의 제가 훨씬 자유롭고 만족스럽습니다.

병에 걸리지 않았다면 몰랐을 것들입니다.

다시 걷자

이제 가자!

하여간 출발만 하려면
꼭 늑장이야~
다음 차 타도 되잖아~

덜컹..
덜컹

띵동~
아이고
와글와글
다음 고객님~!

진료 대기석
컥어...

그동안 어떠셨어요?
여기가 좀 아팠는데….

피 뽑았더니 배고파~
엄마가 맛있는 거 쏜다.
밥 먹으러 가자!

짠———
보글
보글

맛있는 거라며~~
징
징..
된장찌개가 뭐 어때서.
밥이 최고야.

이제 집에 가자~

행사
시즌오프
SALE

잠깐만, 이거 입어봐.
집에 있는 거랑
비슷하지 않아?

옷은 됐고
저거 하나만….
붕어빵

병원은 핑계고
그냥 노는 것 같네.
다 그런 거지 뭐~
ㅋㅋㅋ
ㅎㅎㅎ..

느려도 괜찮고

끝까지 가지 못해도 괜찮다.
이제 갈까?
응, 가자.

중요한 건
내 발로 직접 걷는다는 것.
다 하지 못하더라도
'했다'는 것.

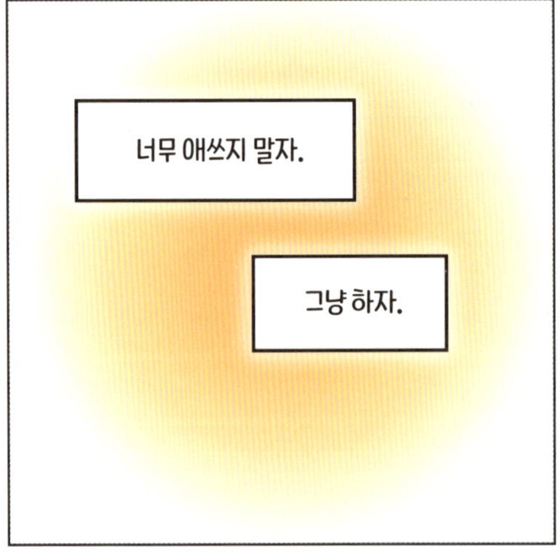

다시 걷자.
우리 다시, 같이 걷자.
아이고 우리 아기 잘 걷네~
아니 엄마…
내 나이가 몇인데… 걸음마 취급하지 마….
너무 애쓰지 말자.
그냥 하자.

　예전에 이른 아침 달리기를 좋아하던 때가 있었습니다. 고요하지만 하루가 막 깨어나는 시간, 차가운 공기를 가르며 뛰면 세상을 누구보다 먼저 시작하는 기분이었죠. 처음에 살을 빼기 위해 공복 걷기를 시작했던 것이, 조금씩 욕심이 생겨 달리기로 바뀌었습니다. 이불에서 나오는 일은 늘 힘들었지만 그래도 좋았습니다. 내가 남들보다 앞서가고 있는 듯한 기분이 들었거든요.

　그러다 류마티스를 만나면서 달리기는 산책이 되었습니다. 운동 시간도 새벽에서 낮으로 옮겨졌습니다. 처음엔 시시했지만, 걷다 보니 달릴 때는 보지 못했던 것들이 보이더군요.

　조금 늦은 평일 오전의 산책길은 도시의 바쁜 출근길과는 분위기가 많이 다릅니다. 한 걸음씩 천천히 걷는 어르신, 아장아장 걷는 아이들, 종종 절뚝이며 잘 걷지 못하는 이들도 있습니다. 쏜살같이 흘러가는 세상 바깥, '변두리'의 사람들이죠.

　예전의 저라면 그들을 보지 못했을 겁니다. 제 앞을

막기 전에 빠르게 앞질렀을 테니까요. 도시에서는 '빨리'가 미덕이자 상식입니다. 지하철에서도, 식당에서도, 일터에서도. 조금만 느려도 눈총을 받게 됩니다. 저 역시 누군가를 기다려주는 일보다 조급함이 먼저였습니다.

하지만 그러면서도 한편으로는 두려웠던 것 같아요. 막상 내가 앞을 막는, 그런 귀찮은 존재가 될까 봐 말이죠. 그래서 달려도 늘 불안했고 쫓기는 기분이었습니다. 뒤처져 잊힐까 봐, 바깥으로 밀려날까 봐 너무도 무서웠어요.

하지만 병에 걸린 후 밀려 내려온 '변두리'는 생각보다 차갑지 않았습니다. 딱딱한 아스팔트 바닥이 아닌 부드러운 흙길은 편안하게 발을 받쳐주었고, 복잡한 빌딩 숲 안에선 손바닥만 하던 하늘이 이곳에서는 아주 넓게 보였습니다. 옴짝달싹 못할 좁은 곳에서 치이고 밟히며 꽈배기처럼 꼬였던 시간도 너른 이 공간에서는 기지개를 켜며 자유로워집니다. 그 안에서 호흡도 걸음도 제 속도를 찾을 수 있었습니다.

달리는 동안은 앞만 보았습니다. 숨이 차니까 내 호흡에만 집중했고, 당장 내 발을 딛을 바로 앞 바닥만 바라봤습니다. 여유롭게 주변을 살필 틈 따윈 없었어요. 하지만 천천히 걸으며 뒤에서 넓게 바라보니 달리지 않고 사는 사람도 많더군요. 느리게 사는 사람들. 아무도 주목하지 않아도, 최선을 다해 한 걸음 한 걸음 자신의 길을 가는 이들 말이죠.

일등이 아니어도 살아가는 이들은 많습니다. 다만 그러한 삶들은 자신을 떠벌리지 않고 조용히 살아가기 때문에 잘 보이지 않을 뿐입니다. 그런 평범한 이들이 자리를 지켜주기 때문에 이 사회가 유지되고 굴러갑니다.

달리지 않고서야 알게 됐습니다.
달리지 않고도 사는 사람은 많다는 것을.
우리는 사실, 달리지 않아도 살 수 있다는 것을.

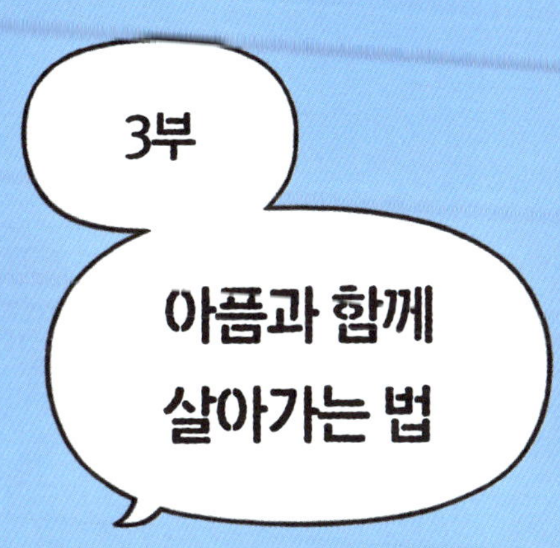
3부
아픔과 함께
살아가는 법

아프지만 않으면 걱정이 없을 줄 알았지

병도 지쳐서 물러난 건지,
아니면 꾸준히 해온 노력이 이제 빛을 발하는 건지는 몰라도
끊임없이 괴롭히던 통증이 신기하게도 잦아들고 있었다.
…정말.
염증 수치도 정상, 간, 백혈구, 신장도….
검사결과

움찔
움찔
?

으하하하
소리치고 싶다…!!!!
피 검사 결과지가 꼭 100점짜리 성적표 같았다.
수능시험 전국 1등이 된다면 이런 기분일까?

아~ 점심 뭐 먹지?
이런 날은 맛있는 거 먹고 싶은데~
…아.
하지만,
멈칫

아프지 않다고 해서
끝이 아니었다.

입출금통장

123-5678-****
…원

이체하기

그동안 쉬느라
일을 못했지….

몸만 나아지면
행복할 줄 알았는데

일…

일해야지.

또 다른 불청객이
뒤이어 찾아왔다.

…근데,

무슨…
일을 하지?
'불안함'이라는.

◆●◆

　연말 연휴의 분위기가 가시지 않은 1월 초, 모두가 새 해의 시작을 축하하고 새 계획을 세우고 있을 때 전 혼자 울적한 나날을 보내고 있었습니다. 몸이 아파서가 아니었습니다. 오히려 최근 몇 개월간 몸 상태는 최상이었고, Mtx(메토트렉세이트, 류마티즘성 관절염의 기본이 되는 치료약)가 잘 들어서 진통제나 면역 억제제를 줄여도 상태가 좋았죠.

　문제는 그다음이었습니다. 몸이 나아졌으니 다시 일상으로 돌아와야 하는데, 학생도 아니고 직장인도 아니었던 저는 '돌아갈 곳'이 없었거든요.

　게을리 산 건 아니었습니다. 투병도 열심히 했고, 틈틈이 일도 놓지 않았습니다. 그럼에도 삶의 결과는 제자리였습니다. 몸이 나아진 건 제겐 기적이었지만, 세상은 그 사실만으론 아무런 보상도 주지 않으니까요. 꽤 오랜 시간 일을 쉬었다 돌아온 제 자리는 아무도 없는 공터 같았습니다.

　'이제 무슨 일을 해야 하지?'

아프지만 않으면 100% 행복할 줄 알았는데, 통증이 사라지자 미래에 대한 고민이 그 자리를 채웠습니다. 긴 투병 끝에 숨 돌릴 틈도 없이 이제는 '제대로 된 일'을 찾아야 한다는 압박감이 밀려왔습니다.

저는 20대 대부분을 회사 밖에서 보냈습니다. 앞서 과거 이야기를 할 때도 했던 이야기지만, 대학생 때부터 작가를 꿈꿨기도 하고, 어쩌다 들어간 직장 생활도 병 때문에 오래 버티지 못했습니다. 류마티스는 예측하기 어려운 병이었으니까요. 오늘은 괜찮다가도 내일은 갑자기 아파서 걷기 힘들어질 수도 있으니 '정규'의 틀에 맞추기가 어려웠습니다.

다행히 디자인과를 졸업한 덕에 프리랜서로도 입에 풀칠할 정도로는 벌었으나, 이 또한 쉬어가며 천천히 하기엔 만만한 길은 아니었습니다. '하루살이'라는 표현이 어울릴 만큼 불안정한 삶이었죠. 그래도 젊을 땐 그나마 괜찮았습니다.

하지만 투병에 몇 해를 보내고 다시 돌아온 지금, 어느새 또래 친구들은 이미 자리 잡고, 결혼하고, 아이를 낳고, 안정된 삶을 꾸려가고 있었습니다. 저만 홀로 멀리 뒤처져 있는 듯했습니다.

'이젠… 나도 다시 회사로 들어가야 하나?' 몇 번이고 고민했지만, 역시 몸이 마음에 걸렸습니다. 한 번 일을 시작하면 다 제쳐 두고 일을 먼저 챙기게 될 게 분명한데, 그러다 다시 아파지면? 주변에 폐를 끼치고 실망시킬 일도 문제지만, 그렇게 나빠진 몸이 또다시 돌아오지 않을까 봐 그게 가장 두려웠습니다. 결국 늘 당장의 단기 일자리로만 돌아갔죠.

"조금만 더 생각해 보자. 지금은 때가 아니야."

그렇게 미루는 사이, 시간은 어느새 20대의 끝자락을 넘어가고 있었습니다. 여전히 뾰족한 답은 찾지 못했고, 시간은 흘러 선택의 여지는 사라지고. 나이를 먹을수록 막연한 불안만 커져갔습니다. 20대에 느꼈던 불안함은 출발선이 늦어지는 느낌이었다면, 30대 가까이 와 마주한 불안함은 이미 다른 사람들이 너무 멀어져서 어떻게, 어디서부터 따라잡아야 할지 아득해지는… 망망대해에 홀로 남겨진 느낌이었죠.

'나 앞으로 살아갈 수 있을까?' 100리터짜리 쓰레기봉투에 꾸깃꾸깃 들어가고 싶은 기분이었습니다. 하지만 억지로 스스로를 다독였습니다. "오늘은 할 만큼 했잖아. 관절도 많이 썼고, 이제 쉬자." 그럼에도 머릿속 목소리는 쉬지 않고 되물었습니다.

"네가 쉴 자격이 있어?"

이불을 덮어도, 눈을 감아도 초라한 미래의 모습은 점점 또렷해졌습니다. 이젠 내 속도를 찾았다고 생각했지만, 사실은 병에 신경 쓰느라 잠시 현실을 잊고 있었을 뿐, 그 뒤에 숨겨져 있던 불안함은 금세 제 앞에 다시 모습을 드러냈습니다. 건강을 되찾았는데도 행복하지 않았습니다.

헷갈리기 시작했습니다. 정말로 병을 위해 몸을 사리는 걸까요, 아니면 세상을 향해 나아갈 용기가 없어서 병 뒤에 숨는 걸까요?

불안하다는 건 살고 싶다는 거야

쉬지 않고 이것저것 일을 벌였고,
반대로 식사와 운동에는 소홀해졌다.
Portfolio
이력서
CHIPS
CHOCO PIE
왕
무기력해… 운동은 나중에 하자.

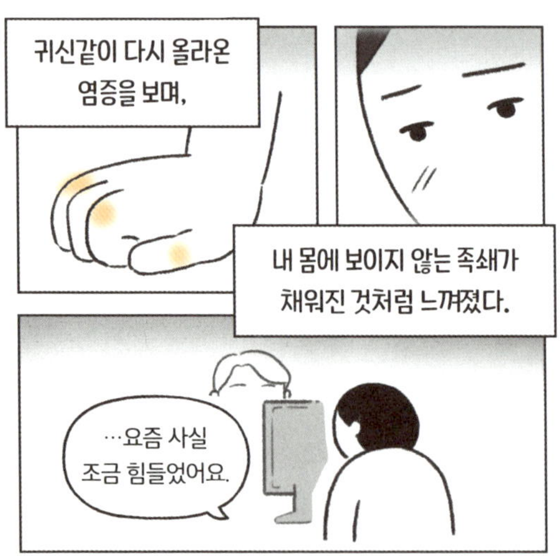
귀신같이 다시 올라온 염증을 보며,
내 몸에 보이지 않는 족쇄가 채워진 것처럼 느껴졌다.
…요즘 사실 조금 힘들었어요.

선생님,
저는 평생 이렇게
염증에 시달리며
살아야 할까요?
꼭 족쇄를 찬
사람처럼 느껴져요….

…많이 힘드시죠?
깜짝

엇…네??
예상치 못한
반응이라 당황
…사실 제 어머니도
자가 면역 질환자세요.
어머니를
고치고 싶어서
의사가 된 거예요.
아…!
그래서 그 심정…
조금은 알아요.

염증은요, 사실
나쁜 것만은 아니에요.
몸에 감염 같은
어떤 문제가 생겼을 때
손상된 부위를
회복하려는
방어 작용이거든요.
물론 환자분처럼
만성 염증은
병의 원인이지만….

그러니까 염증은
'살기 위해' 스스로
치유하려는 몸의
생존 반응이에요.

다만, 과해지면 안 되겠죠.
그러니 '잘 다루는 법'을
배워보세요.
자신도, 염증도요.
이 병은요,
완치는 어렵지만… 대신
잘 조절만 하신다면
큰 문제 없이 살 수 있을 거예요.

자신을…

잘
다루는 법이요….

이 병은,
평소 신경 많이 쓰고
예민한 분들이 많이 걸려요.

탁

마음을 편안하게 먹고,
행복하게 사세요.
웃으면서.
행복하게….

그 말은,
선생님이 자신의 어머니께
하고 싶던 말이었을까.
아, 네!
작은콩 님~

진통제를 끊는 과정은 길고도 험난했습니다. 비스테로이드성 소염 진통제. 면역 억제제나 스테로이드제보다 상대적으로 덜 무거운 약이라고는 하지만, 오히려 그래서 더 완전히 끊어내기가 어려웠습니다. 작은 알약 하나만으로 지긋지긋한 통증을 잊게 해주던, 방패 같은 투병길의 친구였으니까요. 하지만 평생 의지할 수는 없었습니다. 오래 먹다 보니 일상처럼 생기던 오심, 속 쓰림, 위염 같은 속병 부작용도 너무 괴로웠습니다. 병을 잊어버리고 나도 모르게 무리해서 스스로를 더 망가뜨리는 악순환에서도 벗어나고 싶었습니다.

결국 주치의 선생님과 상의 끝에 약을 끊기로 한 날. 평소보다 가벼워진 약봉지를 손에 쥔 순간 느껴진 건, 해방감이 아니라… '두려움'이었습니다. 이제는 직접 고통을 마주해야 했으니까요.

확실히, 약을 끊은 후 통증은 훨씬 또렷해졌습니다. 조금만 몸을 써도 반응이 훨씬 빨리 왔고, 몸 전체가 결리거나 몸살처럼 뭉근히 아프기도 했습니다. 그래도 찜질이나 샤워로 몸을 달래며 무엇보다 제때 쉬는 연습을 하려 노력했습니다. 그렇게 진통제가 없는 일상에 서서히 적응해 갔죠.

시간도, 노력도 더 들었지만, 이제는 내 몸의 신호를 직접 듣고 스스로 조율할 수 있다는 건 큰 장점이었습니다. 몸이 통증을 보내는 이유는 단순했습니다. '지금 이 부분은 고치는 중이니 건드리지 마라.' 그래야 회복하고 살아갈 수 있을 테니까요.

몸을 다루는 법을 배우면서 알게 되었습니다. 마음을 다루는 법도 이와 다르지 않다는 것을요. 몸이 아플 땐 진통제로 덮을 수 있지만, 그건 잠시뿐이죠. 마음도 마찬가지였습니다. 그동안은 외로움이나 불안함을 느낄 때면 괜히 쓸데없는 물건을 잔뜩 사서 공간에 우겨 넣고, 보지 않을 자기계발서를 쌓아두며 마음의 공백을 메우려 애쓰곤 했습니다.

하지만 이제는 피하지 않기로 합니다. 몸의 통증을 정면으로 마주했듯, 불안이라는 감정도 그대로 바라보기로요. 그건 부정할 대상이 아니라 살아 있다는 증거였으니까요. 생각해 보면 가장 평온했던 시절은 모순되게도 삶을 가장 포기하고 싶던 때였습니다. 아무것도 두렵지 않았고, 아무 기대도 없었죠. 그러니 차라리 지금의 불

안이 낫습니다. 이렇게 발버둥 치는 이유는 살고 싶어서
니까요. 죽은 몸엔 통증이 없습니다. 마음도, 살아 있기
에 아픈 겁니다.

불안의 정체를 알고 나니 오히려 마음이 편해졌습니
다. 그건 없애야 할 병이 아니라 함께 살아가야 할 존재
였습니다. 불안을 극복하는 법은 많지만, 들어보면 결국
'더 노력하라'거나 '괜찮다고 믿어라'라는 말이 대부분이
었습니다. 하지만 이는 그저 통증을 피하고자 하는 회피
에 불과해 보였습니다. 제게 정말 필요했던 건 다른 처
방이었습니다. 불안함과 싸우는 게 아니라, '그런 감정
자체를 인정하고 받아들이는 것.' 그 지점이 바로 치유
의 시작이었습니다.

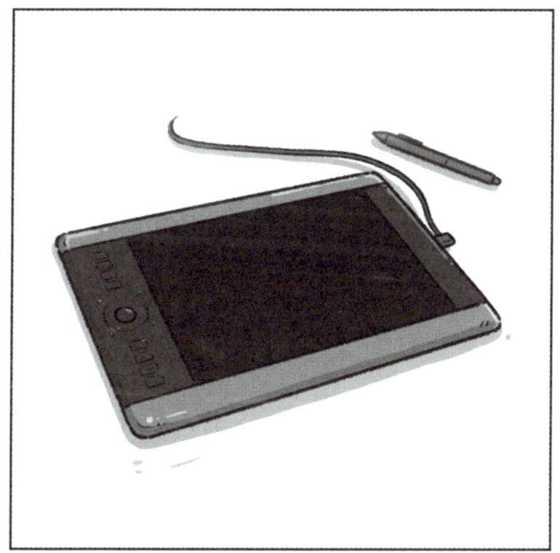

◆ ● ◆

　SNS에 만화를 올리기 시작한 건 아주 우연한 일이었습니다.

　그즈음, 저는 무기력에 빠져 있었습니다. 치료를 위해 들인 건강 습관들은 꾸준히 지켰지만 몸이 안정될수록 마음은 더 혼란스러워졌습니다. 내가 불안하다는 건 알겠는데, 안다고 해결책이 뚝딱 나오는 건 아니었으니 계속 고민을 해야 했죠.

　'나는 앞으로 어떻게 살아가면 좋을까?'

　하지만 고민하는 와중에도 시간은 갔고, 생활비는 쉬지 않고 빠져나갔습니다. 그래서 계속 일을 벌였습니다. 외주를 알아보고, 아르바이트를 하고, 공모전에도 지원했습니다. 겉보기엔 부지런했지만, 사실 속으로는 제자리를 빙빙 도는 기분이었습니다. 마음의 배터리는 점점 닳고 있었고, 지금 돌아보면 그땐 몰랐지만 일종의 번아웃이 왔던 것 같습니다.

　그러다 어느 날, 낡은 타블렛이 눈에 들어왔습니다.

　'내 이야기… 만화로 그려볼까?'

투병 일기. 몸이 아팠던 날은 아파서 힘들었고, 안 아픈 날은 불안해서 힘든 시간이었지만, 그럼에도 모두 내 삶의 일부였기에 기록으로 남기고 싶었습니다.

대신 손이 아프지 않게 그림은 단순하게, 색은 흑백만 썼습니다. 타자를 칠 수 없을 땐 음성 인식으로 불러서 글을 썼고요. 재미있는 이야기는 아니라 누가 볼까 싶긴 했지만, 괜찮았습니다. 어차피 이건 남보다도 나를 위한 글이었으니까요.

그렇게 시작된 것이 〈류마티스 그림일기〉라는 SNS에 올린 짧은 만화 일기였습니다. 처음엔 아무 반응이 없을 거라고 생각했습니다. 그런데 뜻밖에도 댓글이 달렸습니다.

"너무 위로받았어요. 감사합니다."

그 말을 보는 순간, 가슴이 저릿했습니다.

이렇게 부족한 내가 누군가에게 힘이 되다니. 이 이상한 경험은 제 안에 멈춰 있던 무언가를 다시 움직이게 했습니다. 점차 팔로워가 늘기 시작하자, 저를 '작가'라 불러주는 사람들도 생겼습니다. 병 때문에 포기했던 작가라는 이름을, 병을 이야기하면서 다시 얻게 된 겁니다. 처음엔 이게 다 무슨 일인가 어리둥절했지만, 정말 행복했습니다.

꾸준히 연재하는 건 쉽지 않았습니다. 몸이 아픈 날도 있었고, 손이 말을 듣지 않는 날도 있었습니다. 그래도 누군가 내 이야기를 기다린다는 사실이 큰 힘이 되었습니다. 그동안 아무도 몰라주던 마음이 비로소 이해받는 느낌이었죠.

그리고 무엇보다도, 그리는 동안만큼은 그동안 절 아프게 했던 불안감도, 통증도 전부 잊히는 듯했습니다. 몸도 마음도 마법처럼 조용해졌죠. 타블렛 위의 작은 공간이 저에게는 광활한 운동장이자 자유였습니다. 그리고 그 안에서 아주 작은 목소리를 찾을 수 있었습니다.

'나는 아직, 창작이 하고 싶어.'

그 소리는 작았지만 확실했고, 불안의 파도 속에서도 빛을 냈습니다. 그 빛을 따라 한 걸음씩 걷기 시작했습니다. 이전보다 훨씬 느린 속도였지만, 이번엔 발이 땅에 닿는 것이 분명하게 느껴져 왜인지 불안하지 않았습니다.

그때부터였을까요, 새벽에 깨지 않고 잠을 잘 자기 시작했습니다. 푹 자고 일어난 아침이면 마음이 참 맑았습니다. 물론 여전히 밥벌이는 불안정했고, 원고료도 없었지만, 그래도 인스타툰 덕분에 다시 세상과 연결될 수 있었습니다.

무엇보다도 이건 누가 시킨 일이 아니라 내가 만들어
낸 일이라는 점이 큰 의미였습니다. 아직은 작고 초라하
지만, 앞으로 제가 아프더라도 대체되지 않을, 진짜 ‘나
의 일’ 말이죠.

물론 완벽하진 않았습니다. 처음이라 하찮을 정도로
잘 못하는 저 자신을 참아내는 것도 고역이었습니다. 하
지만 사람은 완벽할 수 없다는걸, 완벽함만을 추구하다
간 몸도 마음도 부서진다는 걸 앞선 경험으로 배웠습니
다. 그래서 제 하찮음을 너그러이 견디며 천천히 걸어
보기로 했습니다. 적어도 가는 길 위에서 행복할 수 있
겠다는 건 확실했으니까요.

그러니 한 걸음, 한 걸음 가볼 수밖에요.

나 혼자 멈춘 것 같을 때

콩아.
이제 네 몸도
안정된 것 같고….

슬슬 안정된 직장,
찾아야 하지 않을까?

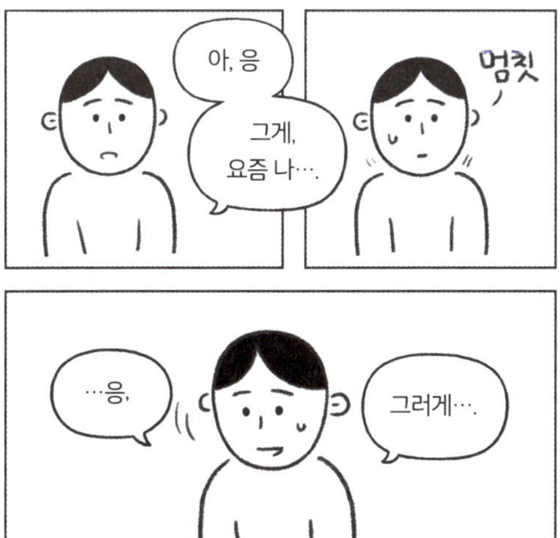

아, 응
그게,
요즘 나….
멈칫
…응.
그러게….

글도 쓰고 이것저것 하고는 있지만
꼼지락…
'안정된 직장' 앞에서는 애들 장난 같지 뭐….
게다가 요즘은 별 반응도 없는 걸….
꾸욱.
너도 이제 결혼도 해야 하고….
…엄마, 또 결혼 얘기야?
잔소리라고만 생각하지 말고…
엄마, 아빠는 네가 결혼해서 잘 살면 그게 진짜 행복일 것 같아.

결혼보다도 일단 내 인생부터 안정시키는 게 먼저야.

너도 나이가 있고, 인생은 다 때가 있는 거야.
늦어지면 진짜 더 하기 힘들어져.

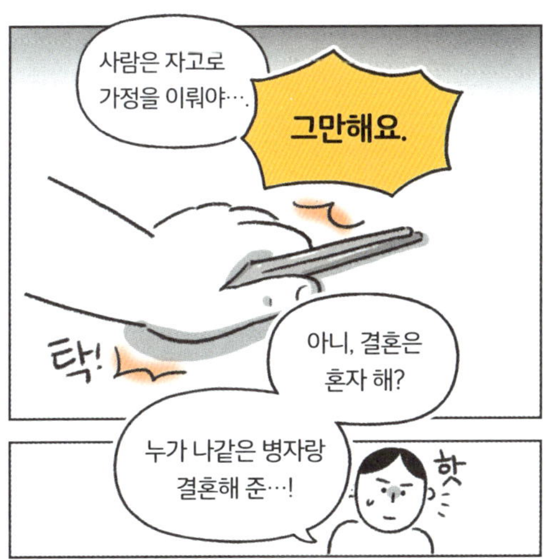

사람은 자고로 가정을 이뤄야….
그만해요.
탁!
아니, 결혼은 혼자 해?
누가 나같은 병자랑 결혼해 준…!
핫

…
아…
아, 그게….

…그래,
나도 알아.
하지만
병까지 있는 네가
나중에 혼자
남겨질 걸 생각하면
불안해서 그래.
…

부모랑 자식이
아무리 친해도,
어쨌든 우리가
너보다 먼저 갈 거
아니야.
무슨 그런 말을 해!
걱정되면
오래 살던가.

아무튼
그만 좀 해요!
콰
나도 알고 있다.
결혼이란 시간이 지날수록
더 어려워진다는 것을.

그전에도 절대 결혼하지 말아야지!
생각한 것까진 아니었지만,
그냥 먹고살기 바쁜 데다
나 하나 챙기기도 힘들어서
그런 고민까지 할 겨를이 없었고
그러다 보니 어느새
나이가 들어버린 것뿐.

그 사이 인생의 반려자가 아니라
나라고…
'반려 병'이 생겨버렸다.

혼자 남게 되는 것이
무섭지 않겠냐고….

◆ ● ● ◆

"길을 잃었을 땐 움직이지 말고 기다려. 그래야 엇갈리지 않으니까. 가만히 있으면 엄마가 꼭 찾으러 갈게."

어릴 적 엄마는 늘 이렇게 말씀하셨습니다. 그러다 어느 날 정말로 길을 잃은 적이 있었죠. 가족들과 공원 나들이를 하러 갔다가 혼자 놀다 일행을 놓쳐버린 것이었습니다.

놀라서 황급히 근처 화장실, 벤치 근처를 돌며 부모님을 불렀지만 아무도 없었어요. 무서워서 울다가 문득 엄마의 말을 떠올렸습니다. 그래서 처음 길을 잃어버린 그 자리로 돌아가 기다렸습니다. 가족들이 나를 잊고 떠났을지도 모른다는 두려움에 뛰쳐나가고 싶었지만, 찾으러 올 거라는 믿음을 붙잡았습니다.

다행히 오래 기다리진 않았습니다. 얼마 지나지 않아 가족들이 저를 찾아 달려왔고 가만히 있길 잘했다며 칭찬해 주셨죠. 그 후로는 혼자서도 집에 돌아갈 수 있게 버스 타는 법을 배웠습니다. 집에 가는 버스 번호를 외우고,

탈 때 기사님께 한 번 더 내가 사는 동네 이름을 여쭤보고
타면 혼자서도 무사히 집에 갈 수 있었죠.

　하지만 이때도 중요한 건 '기다림'이었습니다. 무섭다
고 아무 버스나 타 버리면 정말 엉뚱한 곳으로 가 버릴
수 있으니까요. 내가 탈 버스는 반드시 온다고 믿는 게
첫걸음이었습니다.

　그 후로 저는 비교적 잘 기다리는 사람이 되었습니다.
언제 나을지 모르는 병을 견디며 식이요법과 운동을 이
어갈 때도, 누가 볼지도 모를 글과 그림을 꾸준히 올릴
때도 그랬습니다. 지금은 힘들어도 이렇게 같은 자리에
서 같은 일을 하며 나를 돌보고 있으면 언젠가 행복이
찾아올 거라고, 두려움에 엉뚱한 길로 도망치면 진짜 나
와 더 멀어질 거라고 스스로를 다독이며 하루하루를 보
냈습니다.

　하지만 요즘은 다시 길을 잃은 기분입니다. '정규 노
선'을 벗어나 살게 되면서부터였을까요. 남들은 회사에
다니고, 결혼하고, 아이를 낳는데 저는 여전히 그 자리
에 멈춰 있는 것만 같습니다. 그 어디에도 속하지 못한
사람처럼요.

　마치 버스 정류장에 혼자 앉아 있는 것 같습니다. '기

회'라는 이름의 버스들이 차례로 멈추고, 다른 곳으로 갈 거냐며 재촉합니다. 곁의 사람들은 각자 자신의 버스를 타고 떠납니다. 그들은 앞으로도 각자 변화하는 삶의 노선을 따라가겠지만, 저는 여전히 정류장에 남아 있죠. 그럴 때면 목적지를 알 수 없는 아무 버스에라도 모른 척 그냥 나를 맡겨버리고 싶은 때도 많았습니다.

기다리는 일은 어렵습니다. 때론 선택과 도전보다 더요. 눈에 보이지 않는 것에 대한 믿음이 필요하기 때문입니다. 첫째로는 사랑하는 것이 언젠가 나를 찾아올 거라는 '상대에 대한' 믿음, 둘째로는 설령 아무도 오지 않더라도 혼자 살아갈 수 있으리라는 '자신에 대한' 믿음 말이죠. 하지만, 어렵더라도 기다리는 법을 배워야 했습니다. 더 길을 잃지 않기 위해서는 '쉬운 선택' 대신 '옳은 선택'이 필요했으니까요.

기다림은 수동적인 약한 선택이 아니었습니다. 오히려 자신을 진정으로 믿어야 할 수 있는, 강한 일이었습니다.

삶의 의미가 있는 곳

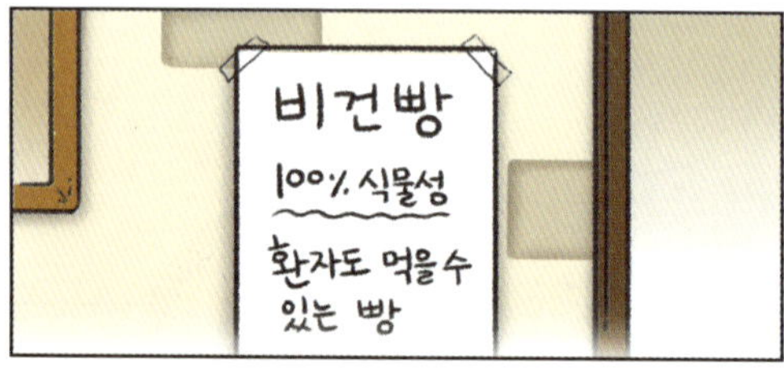
비건빵
100% 식물성
환자도 먹을 수
있는 빵

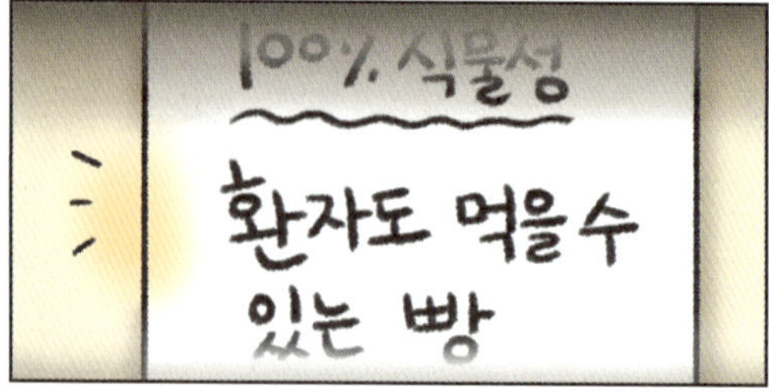
100% 식물성
환자도 먹을 수
있는 빵

'비건 빵'?
환자도 먹을 수
있다고…?

딸깡
큭…
좋은 냄새….
어서오세요~!
뭐 찾으시는 거 있으세요?
화아~

아, 저…
비건 빵이라는 게 뭐예요?
아, 계란이나 우유, 버터 같은 동물성 성분이 들어가지 않은 순식물성 빵이에요.
밀가루가 들어가지 않은 쌀로 만든 디저트도 있고요.
밀이 잘 맞지 않는 환자분들도 드실 수 있도록 만든 빵이에요.

계란, 우유, 버터,
밀가루 없이
빵이 되나요…?
하하
사실 제가
자가 면역 질환 환자예요.
'특발성
두드러기'라고.
앗, 자가 면역
질환…!

제가요, 원래부터
빵을 워낙 좋아해서
맨날 밥 대신
단 도넛 같은 거나 먹고,
식단 관리 같은 거 모르고
엉망으로 살았었어요.

게다가 무리하게 일하면서
스트레스가 겹치니
병이 생겼어요.

그땐 너무 심해서,
일주일에 응급실을 두 번씩
갈 정도였다니까요.

아….

정말 힘들었는데,
생채식 하면서
나아지기 시작하더라고요.

그때 깨달았죠.
뭘 먹느냐가 정말
중요하구나.

그래서 내가 먹을 수 있는
빵을 직접 만들어 보자,
싶어서 시작했어요.

우와..
대단하시네요…!
힘들지는 않으세요?
아프시다면서.
하하
힘들긴 하죠~
그래도
많이 나아져서
견딜 만해요.

힘들어도
제 일이 좋아요,
의미 있잖아요.
의미….

나중에 꿈이
선교사라서,
조잘
빵 구우면서 저같이
아픈 사람에게
위로를 주고 싶어요.
조잘
빵 기부도 하고…
아, 나중에
아이들 학교도
짓고요!

아이들 학교요?
네, 제가 아이들도
좋아해서요.
오지에 가면 아직
학교 없는 지역이
많거든요.

아, 이거
방금 구운 빵인데.
이건 모양이 좀
망가졌어요.
괜찮으시다면,
조금 드셔보실래요?
짠~

냠
…!!
이… 이거
주세요!!
많이!!!
화악
어머 ㅎㅎㅎ

파아― ― ― 앗!!
…뭔가 좀 낡인 것 같기도 하지만.
헤헤..
그래도 사장님,
행복해 보였어.

힘들어도,
제 일이 좋아요.

의미 있잖아요…
'의미 있는 일'
이라….

나는….
냠..
난 그냥
내 행복과 안위,
돈 버는 일들만
늘 생각했는데….
삶의 의미 같은 거…
고민해 본 적이 있었나?

의미라는 게
뭘까…?
고맙습니다.
위로가 되었어요.
덕분에 힘이 났어요.
저도 할 수 있다는
용기가 나요!

앞으로도 계속,
오래오래 글 씨주세요…

그동안 했던 일들은
정말, 아무 의미도 없는
'헛짓거리'였나?
…아니.

비록 얼굴도 모르는
사람들이었지만,
보내주는 말들은,
그 마음은

분명, 힘이 있었어.

이런 게…
의미라는 건가?
어쩌면…
'의미 있는 일'을 찾으면
나 같은 병자도

살아갈 이유를
가질 수 있을까?

1등이 아니어도 해야 하는 이유

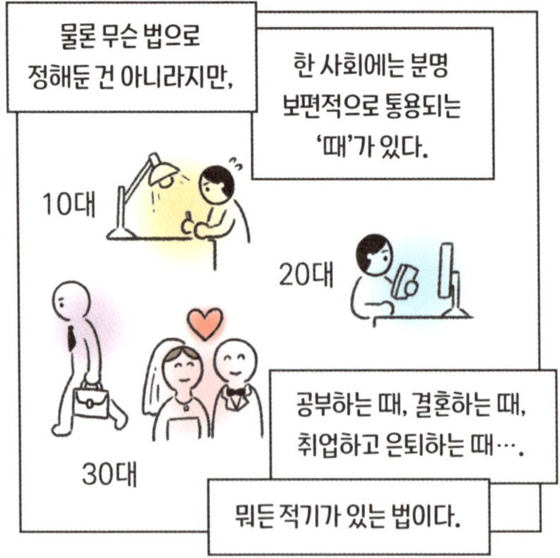

물론 그 밖에서 살아갈 수도 있지만,
그만큼 남들의 시선과 무게를 견뎌야 한다.
그리고 나는….

작가 같은 거 생각할 때는….
확실히 아닌 것 같지?
당장 돈이 벌리지도 않는 일이니까.

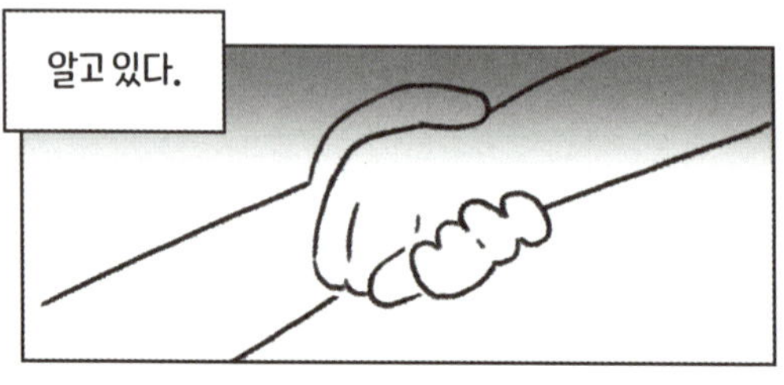

알고 있다.

놓을 거야?
하지만,

인생에 따는 있을지언정
'때를 어기면 안 된다'는
법은 없지 않나.
…좀 늦었다고
못 하는 건 아니잖아.

안다.
내가 느리다는 거.
어차피 아무리 열심히 걸어간들
1등을 하기는 어려울 거고
타자 좀 쳤더니
손가락이…
쉬어야겠다.
이래서는 그 '때'라는 걸
평생 못 맞출지도 모른다.
하루 종일
아무것도 못 했어….

227

하지만… 난 이 일이 좋았다.
그림을 다시 그리기 시작하면서
아플까 봐 눈뜨기 무섭던 아침이
오늘은 뭐 그리지, 설렘으로 바뀌었고.
내일은 또
뭘 그리지?
어쩌다 독자님이 보내주는 응원 댓글에
아픈 것도 잊고는 했다.

물론, 하나도 무섭지 않다면
거짓말일 것이다.
달칵!
실패한 미래만 보게 될까 봐.

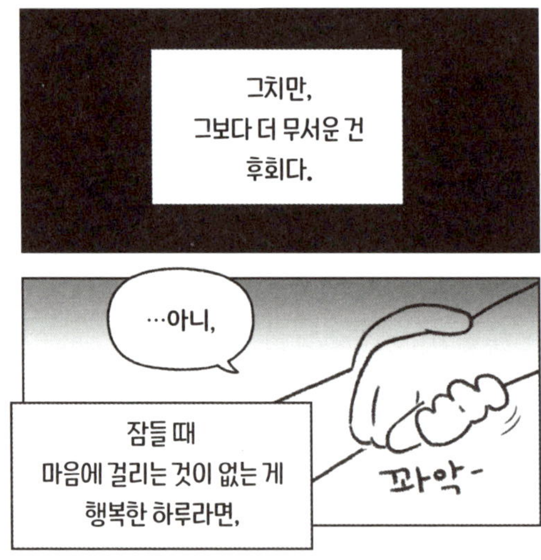

그치만,
그보다 더 무서운 건
후회다.
…아니,
잠들 때
마음에 걸리는 것이 없는 게
행복한 하루라면,
꽈악-

그래도 끝까지
가보고 싶어.
적어도 아쉬움은
없을 테니까.
생을 마칠 때
마음에 걸리는 것이 없는 게
행복한 삶 아닐까.

후회 없이 살고 싶어, 난.
도망친 곳에
천국은 없어.

◆ ● ◆

현실이 갑갑할 때면 가끔 로또를 삽니다. 워낙 당첨 운이 없는 편이라 5,000원짜리 한 번 당첨된 적 없지만 요. 여기서 핵심은 월요일 오전에 산다는 겁니다. 왜냐 하면 토요일 저녁 8시 이후 당첨 소식이 올라오기 전까 지 한 주 동안 '내가 만약 1등에(되도록 여러 명 말고 혼 자) 당첨된다면?' 하는 상상으로 기분 좋게 지낼 수 있으 니까요. 일부러 확인을 안 하기도 합니다. 어차피 될 가 능성은 별로 없으니 그냥 그 좋은 기분이라도 오래 간 직하려고요. 이렇듯 인생엔 때론 열어보지 않는 편이 더 나은 경우도 있습니다.

작가라는 꿈도 그랬습니다. 처음엔 '어쩌면 나도?' 하 는 설렘으로 시작했지만, 할수록 점점 부족함이 보이기 시작했죠. '긁지 않은 복권'인 줄 알았던 제가 막상 긁어 보니 꽝이면 어쩌나 두려웠습니다. 끝내 아무것도 아닌 사람으로 남을까 봐요. 그래서 차라리 꿈을 추억 속에 묻어두는 편이 더 나을지도 모르겠다고 생각했습니다. 그럼 마음은 덜 다치니까요.

하지만 그럼에도 계속 가보기로 합니다. 남들이 보기엔 하찮은 일일지 몰라도, 그림과 글은 살아갈 이유를 주었던 일이었습니다. 병 때문에 아침마다 눈을 뜨는 일조차 고통이던 시절, 하고 싶은 일은 제게 하루를 일으켜 세울 이유가 되어주었죠. 그리고 무엇보다도, 저 같은 사람도 누군가에게 도움이 될 수 있다는 사실을 처음으로 알 수 있게 해주었습니다.

지금 아무리 열심히 걸어도 1등이 되긴 어렵다는 것은 잘 압니다. 하지만 느려도 어쩔 수 없습니다. 제 몸에는 사용 기한이 있으니까요. 관절병은 계속 진행 중이고, 앞으로 어떤 병이 더 찾아올지도 모릅니다. 그래서 미룰 수 없었습니다.

불안한 마음이 들 때면 다시 빈 창을 켜고 글을 씁니다. 흔들리고 불투명한 마음만큼 더 선명하게 선을 긋습니다. 마음속 불안을 비우고, 쓸데없는 찌꺼기를 치우고, 생각을 단순화하고, 연필을 깎듯이 매일 스스로를 더 날카롭게 깎아냅니다. 그러면 남을 이기진 못할지언정 적어도 내 벽은 깨고 나갈 수 있을 거라고. 스스로에게 주문을 겁니다.

기다려주지 않는다는 것을요. 언젠가 가야지 하던 여행지는 불이 나서 사라졌고, 나중에 먹어야지 하던 식당은 문을 닫았습니다. 언젠가 보려던 전시는 끝나 버렸고요. 미루며 기약했던 그 '언젠가'가 왔을 때쯤 제 몸은 이미 고장 나 있을지도 모릅니다. 하지 말아야 할 이유는 많지만, 1등이 되긴 어렵겠지만, 그럼에도 할 일을 미룰 수 없는 이유입니다.

물론 나이가 들수록 심적 부담은 배로 커지겠죠. 하지만, 그걸 감수할 만큼 이 일이 좋은걸요. 20대, 아니 10대 때부터 먼저 준비했다면 훨씬 빨랐겠지만 어쩌겠습니까. 늦었을 때라도 그나마 지금이 내 인생에선 제일 젊은 날이니까요. 나중에 좀 늦은 나이라 하더라도 정말 성공한 작가가 된다면, 저처럼 용기가 필요한 누군가에게 또 다른 '때'의 기준이 되어줄 수 있다면 더욱 좋겠지요. 사실 뭐 그냥 좋아하는 일 해보겠다는 이야기를 너무 거창하게 선언하는 게 아닌가 부끄럽습니다만.

혹시 지금 무언가 시작하기에 용기가 필요한 분이 계신다면, 제 서툰 일기가 부디 조그만 응원이 되어드리길 바라요. 우리, 힘내보자고요. 파이팅.

내 인생의 구원자는 오직 나

234

그럼 작가…
같은 거야?
응. 인터넷에
조금씩 올려보고
있어.
조금이지만
팬도 생겼고….
아픈 사람들에게
위로와 도움이 되는
일들을 해보고 싶어.

…
…걱정되지?
나도 알아.
엄마가 뭘
걱정하는지.
이런 일은
엄마가 생각하는
안정적인 일도 아니고,
열심히 해도 별 성과 없으면
나이만 먹고 결혼은 영영
못할지도 몰라.

그래, 나도
혼자 남겨지는 게
무서워.
근데… 엄마.
내가 투병하면서 느낀 점은
내 인생의 구원자는,
다른 누구도 아닌
나뿐이라는 거야.

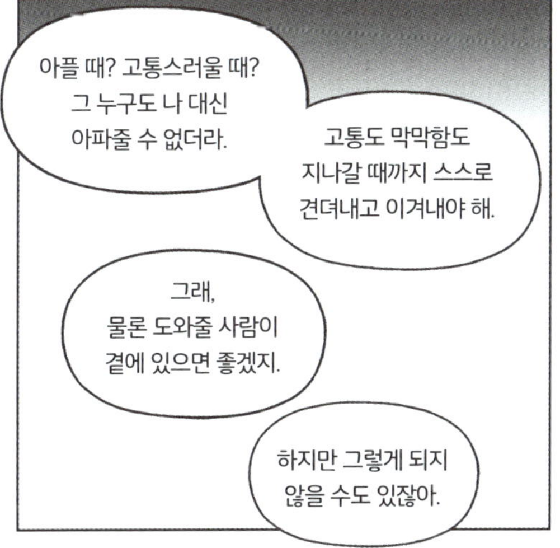

아플 때? 고통스러울 때?
그 누구도 나 대신
아파줄 수 없더라.
고통도 막막함도
지나갈 때까지 스스로
견뎌내고 이겨내야 해.
그래,
물론 도와줄 사람이
곁에 있으면 좋겠지.
하지만 그렇게 되지
않을 수도 있잖아.

아프고 힘들 때
도와줄 줄 알고 결혼했는데,
날 버리고 이혼하자고 하면?

아니, 이혼하지 않더라도
내가 아니라 상대방이
더 아파지면?

도움을 받기는커녕
오히려 내가 상대방의 무게를
짊어져야 한다면?

해가 지면 내 그림자도
나를 버린다는데,
타인은 오죽할까.

…결혼은,
불안함의 도피처가
될 수 없다고 생각해.

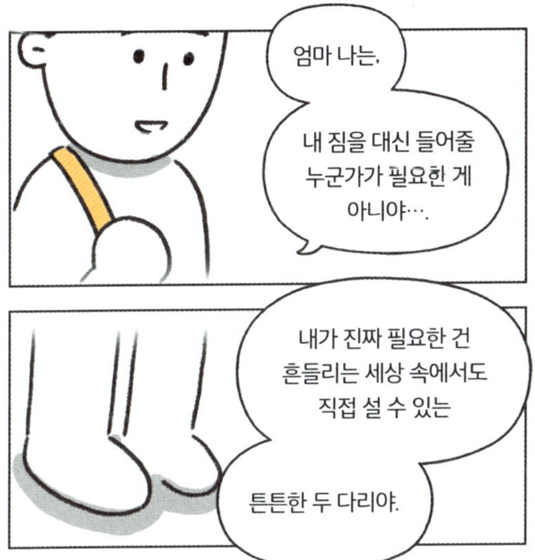

엄마 나는,
내 짐을 대신 들어줄 누군가가 필요한 게 아니야….
내가 진짜 필요한 건 흔들리는 세상 속에서도 직접 설 수 있는
튼튼한 두 다리야.

열심히 운동도 하고 치료도 받을 테니까, 걱정 마….
…걱정 안 해.
응?

엄마도 네 글 읽었어.
네가 예전에 잠깐 보여줬던 거.
좋아서 저장해 놨었어.
…잘 썼더라.
…

넌 예전부터 참 잘 썼어.
그림도 잘 그리고.
책도 좋아해서 맨날
읽다가 눈 나빠졌잖아.
아빠랑 나는 둘 다
예술이니 뭐니 그런 거에는
아무 재능이 없었는데
어디서 그런 걸
물려받았는지 너는
어릴 때부터 특이했지.

결혼… 그래, 네 말도 맞다.
생각해 보면 임미도 결혼해서 늘 행복했던 것만은 아니었어.
하지만 너도 알다시피, 엄마는 옛날 사람이잖아.
세상이 많이 바뀌었다 해도 딸 일에는 보수적으로 생각하게 되나 봐.

…그래, 네가 안 아프고 행복하면 그거보다 더 필요한 게 뭐 있겠어.

해봐.
그러다가 힘들면
돌아와!
비빌 언덕이 있는데
뭐가 걱정이야.
쩌엉————…
정 망하면 그냥
우리가 너 데리고
살지 뭐!
엄마….

정말? 안 질리겠어?
평생 빌붙어 있어도 돼?
평생? …진짜로?
그건 조금 생각을
해봐야겠는데….
뭐야 왜
말이 바뀌어!!
하하..

그렇게, 다시 작업을 시작했다.

여전히 비교는
계속되지만

50K
Follower

이분… 나보다 훨씬
늦게 시작했는데.

지금 나는,

누굴 이기기 위해
이 자리에 있는 게
아니라는 걸 안다.

다른 이를 이겨서 얻는 행복은

또다시 나를 이기는 누군가에게
뺏기게 될 테니까.

난 그냥 내 길을
갈 뿐이야.

이제는 그저, 더 나은 내가
되고자 할 뿐이다.

'비트코인으로 몇 억 벌어 30살에 은퇴했대.'

인터넷을 보다가 언뜻 스쳐지나가듯 이런 글을 봤습니다. 실제로 아는 사람도 아니고, 사실인지조차 모를 이야기였지만 이상하게 머릿속을 떠나지 않았습니다. '남들은 투자 잘 해서 서른 살이면 은퇴한다는데, 난 왜 지금 이 모양이지.' 이름 모를 누군가의 성공담은 곧장 제 불안을 건드렸습니다.

투자에 관심이 없었던 건 아니었습니다. 인플레이션과 빚으로 굴러가는 자본주의 사회에서 투자는 꼭 필요한 생존 기술이라는 걸 알고 있었죠. 하지만 여윳돈이 부족하다는 이유로 '나중에 해야지' 미뤄둔 시간이 길어졌고, 어영부영 여기까지 흘러온 셈이었습니다.

뒤늦게 마음이 급해져 금융 공부를 시작했지만 막상 하려니 무엇부터 해야 할지 막막했습니다. 그 와중에 뉴스에서는 매일 '요즘 뜨는 투자법'이 쏟아졌고, 나 빼고 모두 돈을 버는 것 같아 조급해졌습니다. '그래, 직접 해보는 게 공부라잖아.' 일단 해보자 싶어 적은 돈이나마 들고 투자에 발을 들였습니다.

처음에는 신기했습니다. '투자'라는 이름 덕분인지 투자 상품을 사기만 했을 뿐인데도 생산적인 일을 하고 있는 듯한 착각도 들었죠. 나도 이젠 나름 '갓생'을 살아보려 노력하고 있다는 이상한 위안까지 덧붙여, 벌써 부자가 된 듯 은근히 기분이 좋기도 했습니다.

하지만 금세 알게 되었습니다. 투자에 들어간 제 돈은 이미 발빠르게 움직이는 다른 투자자들의 주머니로 들어가 사라졌다는 것을요. 이게 아니구나 싶어서 간신히 남은 돈을 빼며 스스로를 위로했습니다. "그래도 경험은 했잖아."

그렇게 몇 번을 반복하다 보니 투자라는 단어가 점점 무겁게 들리기 시작했습니다. 똑똑하게 투자에 성공한 사람들의 이야기를 들을수록 저는 반대로 똑똑하지 않다고 말하는 것 같았죠. 열심히 사는 게 미덕이라 믿어왔는데, 이제는 그 '성실함'이 오히려 '요령도 없는 바보스러움'처럼 느껴지기까지 했습니다.

답답한 마음에 투자 관련 강연과 책을 찾아보기도 했습니다. 하지만 결론은 늘 같았습니다.

“사람마다 맞는 투자법이 다르다.”

‘아니, 그거 누구나 다 아는 얘기 아닌가. 난 내가 어떤 사람인지부터도 모르는데, 나한테 맞는 게 뭔지 어떻게 알아?’ 투덜대다가 멈칫했습니다. 맞아요. 생각해 보니 제 안에서 찾아야 할 답을 또 엉뚱한 곳에서 구하고 있었다는 길 깨달았습니다. 이전부터 자주 해온 실패의 반복이었습니다.

다이어트를 시작했을 때도, 투병할 때에도. 성공의 진짜 답은 나 자신을 잘 아는 것에 있었음을 또 잊어버린 것이었습니다. 결국 또다시, 나 자신도 모른 채 남의 답을 따라가려 했던 겁니다.

모건 하우절의 책《돈의 심리학》에는 이런 말이 있습니다. “너와 나는 다른 게임을 하고 있다.” 변호사는 정장과 구두를 신지만, 작가는 트레이닝복 차림으로도 일할 수 있습니다. 변호사가 고급 정장과 구두로 외관에 신경을 쓴다고 해서 작가가 그의 소비 기준을 따라 할 필요는 없죠. 왜냐하면 둘은 직업에 있어 필요한 부분이 다르고, ‘다른 게임’을 하고 있기 때문입니다. 결국 투자의 본질은 ‘남보다 빨리’가 아니라 ‘내가 어떤 경기의 어떤 선수인지를 아는 것’이었습니다.

그래서 스스로에게 물었습니다. 나는 어떤 삶을 원하

고, 어디에 가치를 두고 있는가. 답은 의외로 단순했습니다. 저는 지금 하는 일을 사랑하고, 사람들과 나누는 일에서 의미를 찾으며, 몸이 아파도 오래도록 지속할 수 있는 일을 하고 싶었습니다. 그제야 목표가 명확해졌습니다. 저만의 공간을 마련해 글과 그림으로 사람들과 연결되는 일. 그곳은 작업실이 될 수도 있고, 쇼룸이나 작은 쉼터가 될 수도 있겠죠. 이제는 그 꿈을 실현하기 위해 돈을 모으고 공부하며 시간과 돈을 '투자'하고 있습니다.

이제는 남들이 어떤 방법으로 얼만큼 벌었다는 소문이 들려와도 예전처럼 초조하지 않습니다. 내가 어떤 길을 걷고 있는지 알게 되었으니까요.

투자의 다른 이름은 선택입니다. 무엇을 선택하고, 무엇을 포기할지. 인생도 같습니다. 모든 선택엔 대가가 따르고, 그래서 우리는 늘 비교합니다. 그 과정은 정답이 없기에 자신을 모르면 남의 기준에 휘둘릴 수밖에 없습니다. 누군가의 시선을 따라가며 그들의 인정이 있어야만 나를 사랑하게 됩니다. 그러다 보면 결국 진짜 자신은 점점 희미해지죠.

하지만 진정으로 날 알아주어야 하는 사람은 그 누구도 아닌 바로 나 자신입니다. 내가 잘나갈 때만 나를 좋아해 주는 사람은 곁에 두어야 의미가 없습니다. 마찬가지로 내가 잘될 때만 자신을 사랑한다면 그와 나를 바사 무엇일까요. 진흙 속에서도 진주를 볼 줄 아는 현명한 투자자처럼, 아무도 몰라 줄 때에도 자신만의 가치를 알아보고 스스로를 믿어 주어야 비교에 흔들리지 않을 수 있습니다.

바람이 많이 불면 집 기둥을 단단히 더 단단히 박으면 됩니다. 더 예쁘고 큰 집이 필요한 것이 아니라요. 남의 것을 바라보기보다, 더 튼튼한 자신을 만들어 간다면. 불안감에서 도망치지 않고, 지금처럼 하나씩 나만의 인생 지도를 그려 나간다면. 비교에서 오는 불안감을 조금씩 지워갈 수 있지 않을까요.

불안함과 함께 살아가기

이제, 약을
조금 줄여볼까요?
약이 많이 줄었다.
스테로이드제, 진통제를 끊고
이제는 면역 억제제도 줄였다.

이렇게까지 줄여본 건 처음이라서,
기쁘기보다는 두려운 마음이 더 컸다.
괜찮을까….
안정된 상태에서 약을 줄이려다가
기우뚱, 도로 악화되는 경우가
많았으니까.

하지만 무섭다고 멈출 수는 없다.
이제는 내 다리로
걷는 연습을 해야지.
진통제로 통증을 외면하지 않고,
아프면 아픈 대로
쉬면서 달래주며
책임지고 내 몸을 잘
만들어 가야 한다. 약 없이도.

안전지대를 넘어서….

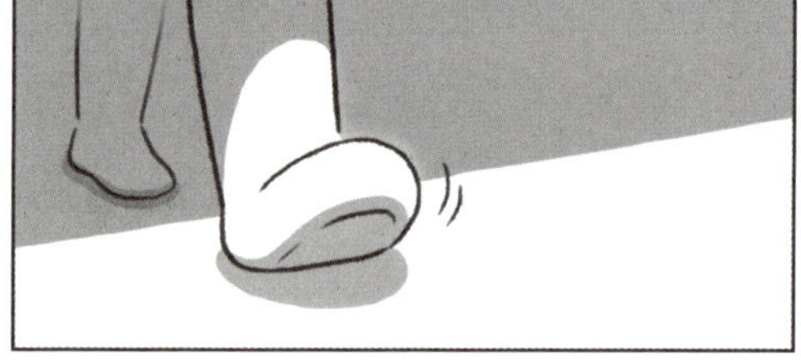

또다시, 시작이다.

류마티스를 비롯한 자가 면역 질환에는 완치 대신 관해(寬解)라는 개념이 있습니다. 관해란 '일시적 또는 영속적으로 자타각적 증상이 감소한 상태'를 의미하는데요. 쉽게 말해 약을 먹지 않아도 일상이 잘 관리되는 상태를 말하는데, 자가 면역 질환뿐만 아니라 백혈병이나 암, 악성 종양 등의 병에도 쓰이는 개념입니다. 이러한 병들은 약으로 간단히 낫는 병이 아니기 때문에, 몸이 자연스럽게 제자리를 찾아 관해 상태가 될 때까지 꾸준히 약을 먹으며 증상을 관리해 주어야 합니다.

식단, 운동, 스트레스 등 일상 관리에 신경 쓰고, 많이 피곤하거나 통증이 심한 날은 쉬며 몸을 돌봐줍니다. 잠도 많이 자고, 몸도 따뜻하게 하고요. 즉 완전한 극복보단 '조절하며 함께 살아가는' 쪽에 가깝습니다.

그런데 이 관리라는 것이… 말이 쉽지, 실은 정말로 도 닦기의 연속입니다. 염증과 함께 살아가는 일상은 여러모로 신경 써야 할 것들이 많습니다. 건강 관리라고 하면 단순히 식단과 운동만 생각하기 쉽지만, 우리 몸은 그렇게 단순하지 않거든요. 규칙적인 수면, 원활한 소화와 배출부터 시작해서 머릿속 생각, 우울한 정도, 외로움, 웃음, 긴장, 호흡처럼 보이지 않는 것들까지도 건강에 영향을 미치기 때문에, 정말 사소한 부분까지도 신경을 써야 합니다.

덕분에 어쩔 수 없이 늘 긍정적이고 부지런한 생활 습관을 들여왔습니다. 아무리 할일이 있어도 밤 11시가 넘으면 사라지는 신데랄라처럼 칼같이 잠에 들었고, 아무리 귀찮아도 매일 꾸준한 근력, 유산소 운동을 병행했지요. 아침마다 스트레칭과 족욕은 기본이고요.

"어떻게 오랫동안 그렇게 꾸준히 했어요?"

네, 정말 쉽지 않았습니다. 대체 왜 그런가는 모르겠지만 보통 입에 달고 몸에 편한 일은 몸에 좋지 않은 것이 세상 이치인지라, 도처에 얼마나 유혹하는 함정이 많은지 모릅니다. 침대에 그냥 누워버리고 싶은 마음과 달고 짠 음식을 먹고 싶은 충동을 피해 꾸준히 살아남아온 자신을 돌이켜 보면, 내심 뿌듯하여 '난 특별한 의지의 인간인가 봐'라고 생각한 적도 있었죠. 하하.

"그냥, 아프면 다 하게 돼요."

하지만, 사실 전 그런 특별한 슈퍼 의지맨이 아닙니

다. 심지어 게으른 편이죠. 그런 저를 움직이게 만든 건 모순되게도 통증이었습니다 어깨가 아프니까 어깨 운동을 했고, 염증이 생기니까 음식을 바꿨습니다. 혈액순환이 안 되니까 요가와 스트레칭을 했습니다. 어쩌다 조금만 덜 아픈 날이면 바로 식단이며 운동을 게을리하는 저 자신을 보며, 평소 습관에 가려진 제 코딱지만 한 의지의 본모습을 보기도 했습니다.

불안함을 이겨내는 법도 이와 비슷했습니다. 겁도 무척 많고 설레발 걱정도 많던 제가 SNS 같은 공개된 장소에 제 이야기를 담은 만화를 용기 내서 그려 올리게 된 것도, 모든 게 불확실한 안개 같은 상황에서도 계속 앞으로 나아갔던 것도, 전부 불안감 때문이었습니다.

이전에 회사를 다니거나 아르바이트로 월급을 받던 때에도 이 작고 소중한 돈만으로는 미래가 보장되지 않는다는 걸 알았기 때문에 이것저것 시도하긴 했었지만, 금세 귀찮아져서 흐지부지 그만두기 일쑤였습니다. 물론 일을 하는 시간만큼 체력이 부족했던 탓도 있었겠지만, 그보다도 매달 들어오는 월급이 안정감을 주었기 때문에 그만큼 덜 간절했다는 것도 사실이었죠.

작가라는 직업을 택한 이후 정말 큰 불안감을 얻었지

만, 동시에 그만큼 제 인생에 다시 없을 만큼 하루하루를 치열하고 의미 있게 살아가려 애쓰고 있습니다.

물론 부지런하게 살 수 있게 해준다는 이유로 병이 '도움이 된다'는 식의 표현은 절대 쓰고 싶지 않습니다. 병은 병일 뿐입니다. 장난이 아니죠. 때론 목숨과 인생을 걸고 맞서야 하는 무서운 존재입니다. 불안감도 심리적 스트레스가 과해지면 우울증, 무기력증이나 어쩌면 정신 장애까지 불러와 삶의 의지를 잃어버리게 만들 수도 있습니다.

하지만 우리가 이 커다란 고난에 어떻게 반응하느냐에 따라 옳은 방향을 향해 나아가는 전환점이 되어줄 수는 있습니다. 제가 아팠기 때문에 꾸준히 건강한 습관을 들였고, 마음이 불안한 만큼 아주 치열하게 살아남을 방법을 고민했던 것처럼요.

중요한 건 이에 휘둘리지 않도록 '조절하는 방법'을 아는 것입니다. 마치 염증 수치를 적절하게 유지하려 노력하듯이 감정 또한 과해지지 않도록 다룰 수 있어야 합니다. 식물이 잘 자랄 수 있도록 해를 쬐어주다가도, 너무 마르는 듯할 땐 비를 내리고 쉬어주는 시간을 갖는 것입니다.

이 길에 있어 정답은 없습니다. 때에 따라, 사람에 따라 너무나 다양하게 달라지니까요. 몸의 병과 마음의 병에 한 가지 차이점이 있다면, 염증 수치는 정상과 비정상을 가르는 기준이 있지만 마음속 감정에는 그런 기준치가 없다는 것입니다. 그러니 시도하고 실패하며 자신에게 맞는 법을 찾아야 합니다.

누군가는 마음이 지쳤을 때 휴식이나 명상이 필요할 수도 있고, 다른 누군가는 사람들과 만남에서 에너지를 얻을 수도 있으며, 또 어떤 이는 아예 일에 집중하는 시간을 늘려 짧고 굵게 끝을 내고 후련하게 쉬는 시간을 가질 수도 있을 것입니다.

하지만 어떤 방법을 택하든 반드시 지켜야 하는 두 가지 룰이 있습니다. 첫번째 규칙은 생존을 위해 꼭 필요한 기본 일상-식사, 운동, 잠 같은-만큼은 빠뜨리면 안 된다는 사실입니다.

이건 우리가 인간이라는 생명체이기 때문에 그렇습니다. 몸과 정신은 무한대의 자원이 아니므로 중간중간 충전하는 시간을 갖지 않으면 방전되어 다시 돌아오지 않을 수 있습니다.

두번째는 어떤 상황에서든 자신의 마음을 있는 그대로 듣고 인정해 주는 열린 자세를 갖는 것입니다. 한 번에 몇 가지 일을 해도 힘들지 않은 사람이 있는 반면, 한 가지 일에도 지치는 사람도 있을 수 있습니다.

틀린 감정은 없습니다. 실수하고 실패하더라도 스스로를 비난하지 않고, 있는 그대로 받아들여줄 수 있다면, 넘어지더라도 분명 다시 나아갈 수 있을 겁니다.

자본주의 사회에 사는 이상 비교에서 벗어날 순 없습니다. 지금보다 돈을 더 벌어도, 더 멋진 집에 살아도, 더 좋은 직장에 다녀도 마찬가지일 것입니다. 그 위치에서 바라본 주변은 언제나 나보다 더 앞서갈 테니까요. 비교에 끝이 없는 만큼 불안한 마음도 아무리 열심히 산다고 한들 아예 없앨 수는 없을 겁니다.

그러니 애써 없애려 하지 마세요. 오히려 함께 살아가는 법을 배우시길 바랍니다. 과해지지도, 너무 무기력해지지도 않을 정도로 조절하며 발전의 원동력으로 삼으면 됩니다.

매일 쌓아가는 일상의 힘은 매우 큽니다. 거대한 적에 비해 우리 손에 있는 것들은 너무나 작고 미약해 좌절스러울 때도 많지만, 포기하지 않고 작은 것이라도 촘촘히 쌓아가다 보면 내진 설계가 잘 된 건물처럼 불안함에 흔들릴 때 내가 무너지지 않게 잡아줄 겁니다.

설령 무너지더라도 괜찮습니다. 적어도 무언가 쌓아
봤다는 뜻이니까요. 살려고 애썼던 자신을 안쓰럽게 어
기며 한 번 토닥여주고, 다시 일어서서 그동안 해왔듯
묵묵히 다시 겹쳐 쌓으면 됩니다. 그러면 난 스스로 일
어날 힘이 있다는 자기 신뢰까지 더해져 다음번 지진에
는 더 든든히 버틸 수 있을 겁니다. 그렇게 하루이틀 쌓
아올리다 보면, 혹시 모르죠. 정말 언젠간 진짜 '관해'가
되는 날을 만날 수 있을지도요.

인생은 단맛, 짠맛, 쓴맛… 그리고 '싱거운 맛'

선선해진 날씨에 딱 등산 가기 좋은 계절. 친구에게 연락이 왔다.
단풍 구경?
나야 좋은데….
요즘 크게 아픈 곳 없기도 하고….

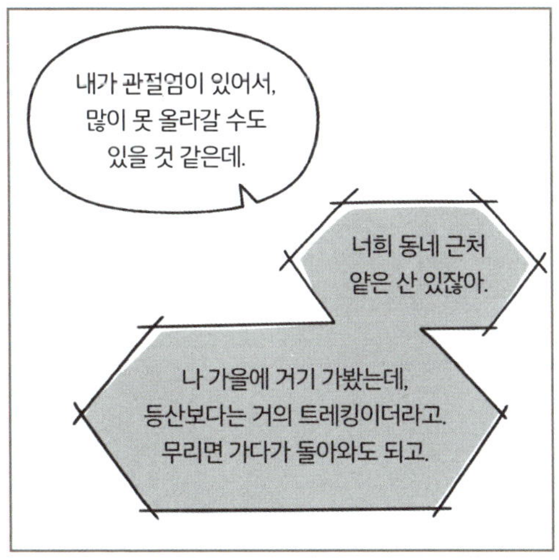

내가 관절염이 있어서, 많이 못 올라갈 수도 있을 것 같은데.
너희 동네 근처 얕은 산 있잖아.
나 가을에 거기 가봤는데, 등산보다는 거의 트레킹이더라고. 무리면 가다가 돌아와도 되고.

음….
뭐, 요즘
몸이 좀 나아졌으니!
…그래! 근데 나 정말
잘 못 걸을지도 몰라.
ㅎㅎ 괜찮아~ 혹시나
아파지면 언제든 얘기해!

그냥 공원에
피크닉 가도 되니까.
ㅎㅎㅎ
넉넉한 친구의 배려,
참 고마웠다.
얘는 이런 애였지.
늘 밝고, 배려심도 많고.

그래서인지
대신 무언가 해주고 싶었다.
그러면!
너가 운전하니까,
도시락은 내가 쌀게!!

물론…
어… 음…
도시락?
…네가?
응!!!
물론 상대도 원하는지는
알 수 없었지만….
히, 힘들 텐데
그냥 사 먹…
아니, 나 진짜 믿어 봐.
집에서 쉬면서
요리 완전 늘었어!!!

등산이면~ 역시!
유부초밥이지!

아직 날이 좀 덥기도 하니까,
상할 염려가 적은
유부초밥을 만들기로 했다.
유부초밥…
레시…피….
똑 똑

국산콩 무조미 유부를 사서
간장과 설탕으로 졸이고,
갓 지은 따뜻한 밥에
식초와 소금, 매실액으로
담백하게 간을 한다.
유부 속에 새콤 짭짤한 밥과
볶은 야채를 채워 넣으면
완성!

시판 소스를 쓰면 훨씬 쉽겠지만,
식이요법을 하면서 뭐든 직접
만들게 되었고
그러다 이제는 이런 번거로움이
되려 좀 좋아지기도 했다.
아…
힐링 된다.
조물
조물..

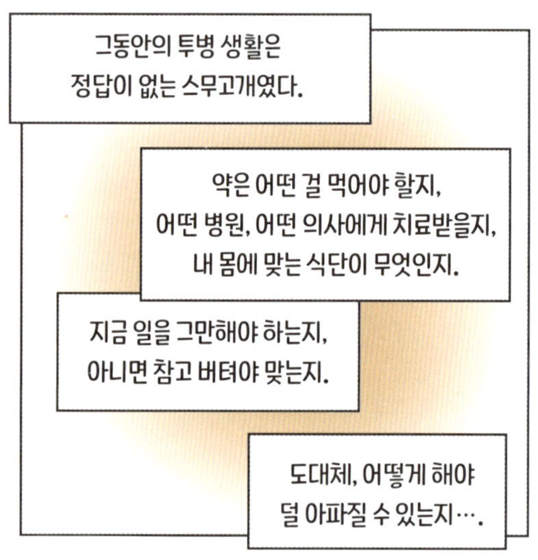

그동안의 투병 생활은
정답이 없는 스무고개였다.

약은 어떤 걸 먹어야 할지,
어떤 병원, 어떤 의사에게 치료받을지,
내 몸에 맞는 식단이 무엇인지.

지금 일을 그만해야 하는지,
아니면 참고 버텨야 맞는지.

도대체, 어떻게 해야
덜 아파질 수 있는지….

반면에 요리는 참
단순하고 정직하다.

레시피대로 따라 만들기만 하면
멋진 결과물이 나오니까.

완성~!

누구나 노력하기만 하면,
노력만큼 나아지니까.

너저분~

시식~
냠

음~~

맛있다~~!!!!
(모양은 좀 찌글하지만)

음… 그래도
조금 싱거운가?
친구도
먹을 거니까.

후리
카케
그러다 가끔은

조미료 같은 편법을
조금 써도 어떠랴.
…역시 조금만
더 넣을까??
탈
탈
누구에게도 해를 주지 않는
귀여운 편법이니까.

인생도 이렇게 단순하다면
얼마나 좋을까.
좋아, 이제는
가방을 싸볼까!

드디어 출발일!
자, 출발할까?!

그래!!!
나 오늘 컨디션 좋아!!
의지
뿜뿜

그동안 매일
1시간씩 동네 산책한
실력을 보여주겠어!!
어~ 그래~
주절~
주절~

40분 후
너 먼저 가….
난 틀렸어….
헉
헉
헉

쉬었다 갈까?
미안.

근데 너,
진짜 등산 잘한다.
평소 운동
좋아하는 거는
알고 있었지만.
나도 너처럼
진작에 건강을 챙겼어야
했는데.

하하, 글쎄….
나도 뭐, 꼭 건강하지만은
않을지도…?

나,
기분 장애가 좀 있거든.

실수했다.

나도 눈에 띄지 않는
병을 갖고 있으면서

건강해 보이는 다른 이도
병이 있을 수 있음을
쉽게 간과하고는 한다.

아….

그럼, 우울증…
같은 거야?
몰랐어, 너 항상
밝고 활기차서…
언제부터 그런 거야?
응. 우울증이랑
경조증.
한 10살…?
때부터였다는
거 같아.

그때부터
자살 사고가 있었어.
자살 사고?!
응.
10살 때부터 죽고 싶다는
생각을 했었던 것 같아.

내가 좀 다른 건가,
자각하기 시작한 건
고등학교 때부터고.
진단받게 된 건
최근 일이야.
슬슬 갈까?
이제는 상담받으면서
약 먹고 관리하고 있지.
감정 기복이
너무 심해서 힘들었어.

…기분 장애가 있으면
어떤 느낌인 건지
물어봐도 돼?
음…
쉽게 말하자면

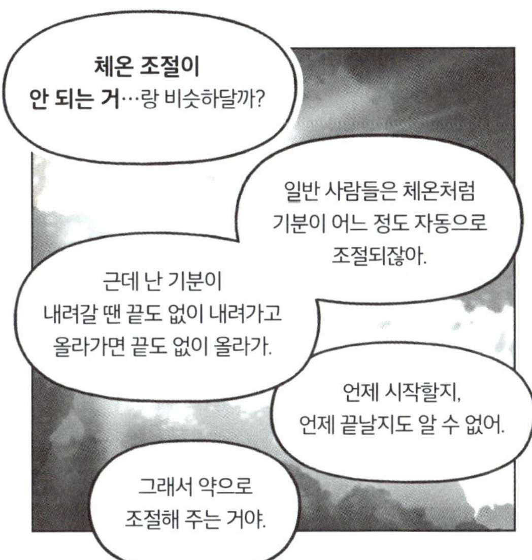

체온 조절이
안 되는 거…랑 비슷하달까?
일반 사람들은 체온처럼
기분이 어느 정도 자동으로
조절되잖아.
근데 난 기분이
내려갈 땐 끝도 없이 내려가고
올라가면 끝도 없이 올라가.
언제 시작할지,
언제 끝날지도 알 수 없어.
그래서 약으로
조절해 주는 거야.

너가 몸이
통제되지 않는 병이라면,
자
으쌰…
난 '마음이 통제되지 않는'
느낌이랄까.

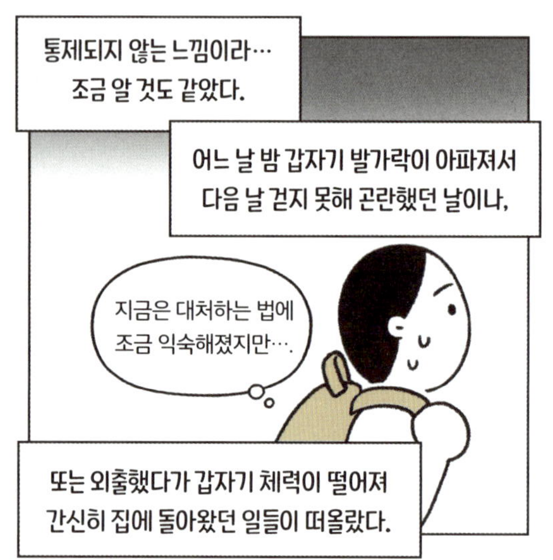

통제되지 않는 느낌이라…
조금 알 것도 같았다.
어느 날 밤 갑자기 발가락이 아파져서
다음 날 걷지 못해 곤란했던 날이나,
지금은 대처하는 법에
조금 익숙해졌지만….
또는 외출했다가 갑자기 체력이 떨어져
간신히 집에 돌아왔던 일들이 떠올랐다.

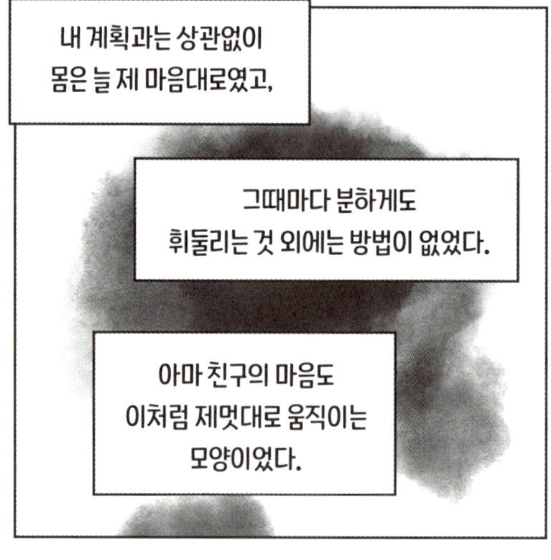

내 계획과는 상관없이
몸은 늘 제 마음대로였고,
그때마다 분하게도
휘둘리는 것 외에는 방법이 없었다.
아마 친구의 마음도
이처럼 제멋대로 움직이는
모양이었다.

내가 그래서 운동
열심히 하는 거야.
감정 조절에 영향이 크거든.
으쌰
친구도 의연하게 말하지만,
힘들었겠지….

지금에 이르기까지 얼마나
많은 것을 포기해야 했을까.
너무 무거운 얘기만 했나?
이제 슬슬 배고프다. 흐흐
도시락 먹고 갈까?!
어… 응, 응!
그러자…!

짠~~!
너저분…
와… 아….

그…, 모양이…
자유분방하네.
그, 그게…
오는 길에 조금
망가졌나 봐.
이, 일단! 먹어봐!
맛은 있어!
그래 일단 먹어보자!!
냄새는 좋은데?!

음~
어, 어때?
…맛있는데!?
다행이다~~!
싱겁지는 않아?
아니, 나 이런 건강한 맛
완전 좋아해!

오, 너도 슴슴한 맛
좋아해? 나도!
당연하지. 정신 건강에
먹는 게 얼마나 중요한 줄 알아?
장내 미생물이 말이지….
…친구야,
일단 먹자.
…
그 이후로도 친구는
내 느린 걸음에 맞춰
천천히 같이 걷고
힘들다고 하면
같이 쉬어주었다.
정상에 가지 않아도 된다며.

…있지, 나는 늘 절벽 끝에 서서 살아가는 느낌이었어.
허..
절벽 바로 옆은 자살, 그리고 안쪽은 삶.
허..
밖으로 떨어지지 않기 위해 포기한 것들도 많지만,

그래도 내 삶만큼은 포기하지 않았잖아?
덕분에 다른 모든 것들이 될 수 있는 가능성을 지켜냈다고 생각해.
어쩌면, 등산의 목적은 정상에 도달하는 것이 아닐지도 모른다.

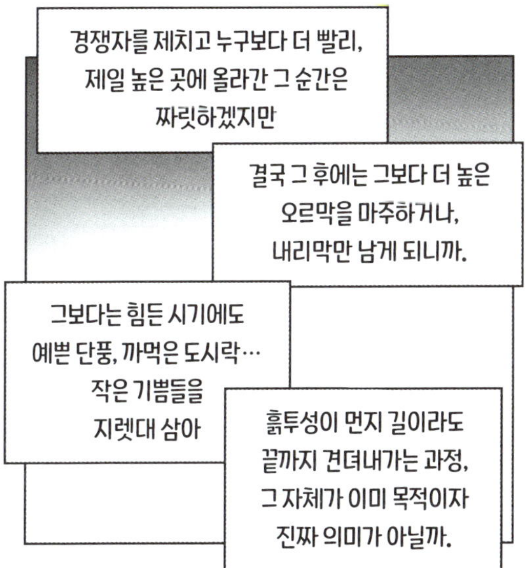

경쟁자를 제치고 누구보다 더 빨리, 제일 높은 곳에 올라간 그 순간은 짜릿하겠지만
결국 그 후에는 그보다 더 높은 오르막을 마주하거나, 내리막만 남게 되니까.
그보다는 힘든 시기에도 예쁜 단풍, 까먹은 도시락… 작은 기쁨들을 지렛대 삼아
흙투성이 먼지 길이라도 끝까지 견뎌내가는 과정, 그 자체가 이미 목적이자 진짜 의미가 아닐까.

그러다 보면 어떤 고통도 다 지나가고
…참 좋다.
언젠가 또다시 좋은 순간이 온다.
살아 있길, 참 잘했다.

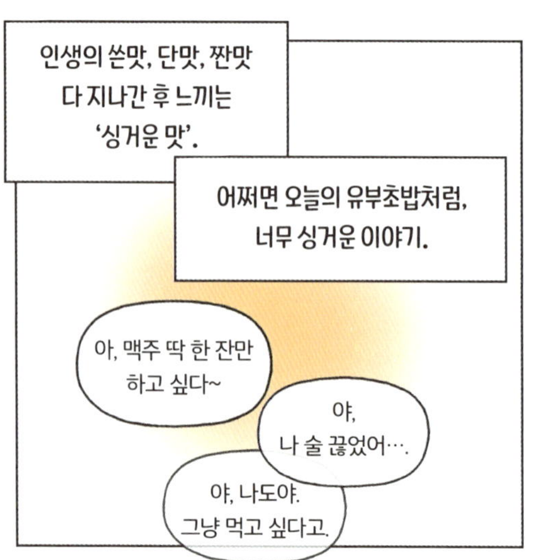

인생의 쓴맛, 단맛, 짠맛 다 지나간 후 느끼는 '싱거운 맛'.
어쩌면 오늘의 유부초밥처럼, 너무 싱거운 이야기.
아, 맥주 딱 한 잔만 하고 싶다~
야, 나 술 끊었어….
야, 나도야. 그냥 먹고 싶다고.

▥ 병아리콩 오이지 유부초밥 레시피

만화 속 유부초밥 맛이 궁금할 분들을 위해 저만의 유부초밥 레시피를 알려드립니다. 시중에 파는 유부초밥은 너무 달아서, 덜 달고 짜게 유부 피부터 만들었어요. 부드러운 주먹밥 속 꼬들꼬들 짭짤한 오이지 무침이 킥인데, 없으시면 오이지를 가지고 직접 만드셔도 되고, 반찬가게 등에서 사서 사용하셔도 됩니다. 저는 엄마가 해주신 오이지 무침이 있어 사용했습니다. 병아리콩의 고소함, 사과와 오이의 상큼 달콤 시원한 맛, 오이지의 꼬들한 식감이 잘 어울려서 누구나 먹기 좋은 레시피입니다.

*계량스푼, 계량컵, 계량저울 기준입니다.

▥ 재료 준비 / 약 2인분 기준

1 유부피

- 조미 안 된 유부 70g (한살림 유부 1봉지 사용)
- 유부 피 양념:
    - 물 1 계량컵, 200ml
    - 간장 2큰술, 30ml
    - 연두 1작은술, 5ml
    - 설탕 10g
    - 다시마 작은 조각 하나

    *간은 입맛에 맞게 가감 가능하나, 이 이하로 줄이지는 않는 걸 추천함.

2 주먹밥

- 밥 320g

- 삶은 병아리콩 60g

- 주먹밥 플레이크 1/2봉지, 약 4g

- 식초 1큰술, 15ml (신 게 싫으면 덜 넣기 가능)

- 매실청 1큰술, 15ml

- 오이지 무침 12g 잘게 다져서 준비(오이지가 짜기 때문에 소금을 생략. 오이지가 없으면 대신 꼭 소금을 적당량 넣어야 간이 맞음)

- 생 오이 40g 잘게 다져서 준비

- 사과 12g 잘게 다져서 준비(설탕 대신 넣는 재료! 빼지 말 것)

- 올리브 오일 1큰술(넣으면 더 고소함)

3 추가 재료

- 위에 뿌릴 참깨, 원하는 만큼

만드는 법

1 냄비에 물을 약 500ml 정도(보통 라면 1개 끓이는 양 정도, 더 많아도 상관없음) 넣고 끓인 후, 끓는 물에 조미하지 않은 유부를 넣고 5분 이상 끓여 유부의 기름을 빼주세요. 유부가 물 위로 떠오르면 체망 등으로 눌러주어 잠기게 해주면 기름기 제거에 더 효과적이고, 이때 잘려있지 않은 네모 형태의 사각 유부라면 쓰기 적당한 크기로 반씩 잘라주면 부풀어 오르지 않

습니다. 이따가 이 잘린 부분에 밥을 넣을 예정이에요.

2 데친 유부를 꺼내 찬물에 두어 번 헹궈주고, 마지막엔 체에 밭쳐 물을 뺍니다. 이때 적당한 힘으로 눌러주어 기름 물을 빼주면 됩니다.

3 냄비에 유부 피 양념 재료를 넣고, 불을 켜고 데쳐둔 유부를 넣어 10분 조려줍니다. 간장 냄새가 많이 나니 환기에 주의하세요! 다 조린 후엔 꺼내서 체에 밭쳐 식혀둡니다. 바로 사용하실 거라면 국물은 버리셔도 되고, 혹시 보관해 두실 거라면 국물 채로 보관했다 짜서 사용하시면 됩니다.

4 속에 넣을 주먹밥을 준비합니다. 적당히 따뜻한 밥 320g에 밥 양념 재료를 전부 넣고 잘 섞어주세요. 간을 보면서 부족한 간이 있으면 추가하셔도 됩니다(단, 유부 피도 간이 되어 있으니 밥 간은 적당히 심심한 쪽이 잘 어울립니다).

5 밥을 준비할 동안 유부 피가 식었으면 국물이 흐르지 않도록 살짝 짜서 사용합니다. 아까 반 자른 단면을 주머니 모양으로 벌려주고, 4번의 주먹밥을 적당랑 예쁘게 넣어주먼 끝입니다. 주머니를 벌릴 때 손가락으로 살살 찢어 벌리셔도 되고, 깔끔하게 하고 싶으시면 가위를 사용하셔도 되지만, 구멍이 안 나게 주의해 주세요. 그리고 유부 피에서 뜨거운 국물이 나올 수 있으니 화상 주의!! 잘 식혀 쓰시고, 손 조심하세요.

6 마지막으로 위에 장식 겸 고소한 맛을 더하는 참깨를 뿌려준 후, 행복한 마음으로 맛있게 드시면 끝입니다.

딱 10년만 더 살아볼까

스크린 도어가 열립니다.
핫··
ㅇ

···아.
··· 다시 현재.

네, 여보세요?
지잉―
네, 작은콩 님이시죠? 케이크 예약하신 빵집입니다.
오늘 몇 시쯤 오실 건가요?
아아, 네! 바로 갈게요!
빼먹을 뻔···!!

서른 살 생일, 머리털 나고 처음으로 절 위한 맞춤 제작 케이크를 주문했습니다. 원래는 생일 케이크 따위 챙기지 않았는데(이전에는 근처 빵집에서 제일 작은 미니 케이크를 사 먹기도 했었지만 병 때문에 유제품을 끊은 이후로는 그조차도 생략하게 되었죠), 이번만큼은 꼭 케이크, 그것도 조각 케이크가 아닌 홀 케이크에 초를 꽂고 그 순간을 사진으로 남겨야겠다고 마음먹었거든요.

어느덧 나이가 계란 한 판 가득 찰 동안 몇 번이나 도망치고 싶었던지요. 하지만 결국에는 도망치지 않고 버틴 제가 기특했습니다. 기나긴 마라톤 경주에서 끝끝내 자신의 한계를 넘어 결승점에 도달한 선수처럼, 저도 어떤 지점에 도달한 이 순간을 예쁜 케이크와 함께 마음속에 기록으로 남기고 싶었습니다. 그래서 맛있는 비건 케이크 가게를 찾았고, 케이크에 '수고했어'라는 레터링도 올렸습니다. 지금까지 용기 내어 자리를 지킨 수고를 저라도 알아 주고 싶어서였습니다.

하지만, 그렇다고 축하하고 싶지는 않았습니다. 앞으

로의 삶을 바라보기가 조금 두려웠거든요. 진단 후 벌써 10년이 넘는 시간이 지났습니다. 강산도 변한다는 시간이죠. 20대 초 대학생이었던 저는 서른이 되었고, 어느새 한 살 두 살 먹으면서 체력도 많이 약해졌습니다. 지금까지야 몸이 약을 잘 버텨줘서 죽을 정도의 문제는 없이 지내왔지만, 과연 제가 먹었던 약의 힘에 대해 앞으로 치러야 할 대가가 정말 없을까요. 앞으로는 또 어떤 어려움이 찾아올까요.

이런저런 생각을 하다 보면 눈앞이 까마득해졌습니다. '지금까지 버티는 것도 힘들었는데, 앞으로 더 긴 시간을 견뎌야 한다고?' 연료가 다 떨어져 가는 우주선에 탄 채 우주 한 가운데를 홀로 떠돌고 있는 기분이었습니다.

'내 삶의 끝은 언제 올까?'

병에 걸린 이후 죽음에 관해 자주 생각했습니다. 살기 위해 족욕, 걷기, 식단 관리 등 열심히 몸은 챙기면서 동시에 아이러니하게도 이러다 '유병 장수'하지 않을까 두려워했어요. 노력하는 제 모습이 다들 멋지다, 대단하다고 했지만 그건 사실이 아니었습니다. 전 살고 싶다는 긍정적인 마음으로 노력한 게 아니었으니까요. 이렇게 하지 않으면 아프니까, 아니 노력해도 아픈 건 아프지만 그조차도 하지 않으면 더 아프니까, 고통에 쫓기며 살았을 뿐이었습니다.

그래서 이 악물고 달려왔습니다. 무서워서요. 죽기 싫어서가 아니라, 고통이 두려워서. 저는 죽음보다 삶이 무서웠습니다. 정확히는 삶을 택함으로써 겪어야 할 그 고통이요. 그렇게 늘 도망치듯 살았던 것 같습니다.

저는 왜 삶이 벌써 버거울까요. 간절히 살고 싶어하는 불치병 환자들도 많은데, 당장 죽을 병도 아닌 제가 이렇게 삶이 버겁게 느껴져도 되는 걸까요.

언젠가 지친 마음에서 벗어나고 싶어 바다에 간 적이 있었습니다.

저는 어릴 때부터 바다를 참 좋아했습니다. 물만 보면 달려들어서 물놀이하는 바람에 부모님께서 항상 예비용 속옷을 챙겨야 할 정도였죠. 갈아입을 옷도 없는데 물에 들어갔던 날에는 감기 걸리면 어쩌냐며 한참을 혼났던 기억이 아직도 납니다.

그랬던 제가 지금은 그 좋아하던 바다를 멀리서 바라보기만 하게 되었습니다. 이젠 발조차도 잘 담그지 않죠. 물에 젖어 모래가 묻으면 닦기 힘들까 봐요. 그런데 그날은 이상하게도 물에 가까이 가고 싶었습니다.

양말을 벗고 조심스레 밟아본 모래는 정말로 부드러

웠습니다. 원래라면 밀려오는 밀물도 피했을 테지만, 이번엔 그냥 가만히 옷이 젖도록 맞았어요. 매일 도망치며 살아서인지 더 이상 피할 힘도 없었거든요.

그런데 차가울 줄만 알았던 물이 생각보다 춥게 느껴지지 않았습니다. 아니 오히려 따스했다고 해야 할까요. 깊게 품어 안아주는 듯한 느낌에 저도 모르게 겉옷만 벗고 아예 물속으로 들어가 예전처럼 헤엄치고 놀았습니다. 어차피 옷은 버렸고, 더 이상 망칠까 봐 두려워할 것은 없었으니까요.

젖은 옷 위에 어깨를 수건으로 감싸고 덜덜 떨며 숙소로 돌아오면서 두 가지를 깨달았습니다.

첫째, 청바지는 한 번 물에 젖으면 정말로 잘 마르지 않는다. 아이일 때는 몰라 그랬다지만 어른이 되었다면 되도록 바다에는 수영복을 입고 들어가는 쪽이 좋습니다. 둘째, 물에 한 번 젖고 나면 그다음은 자유다. 사는 동안 고통에 젖을까 내내 도망치며 살았는데, 그저 바다에 빠져 몸이 젖는 상황을 받아들여 보니 알겠더라고요. 한 번 젖는 게 두렵지, 그다음에는 두렵지 않다고요.

고통을 바라보는 일도 막막하고 두렵지만, 오히려 밀려오라고 받아들이고 나니 아프더라도 차라리 자유로워질 수 있었습니다. 적어도 끊임없이 뒤를 돌아보며 도망치는 삶보다는 나았습니다. 그제서야 비로소, 제 삶은 도망치는 것이 아니라 '살아내는 것'이 되었습니다.

참 이상한 일입니다. 가장 놓아버리고 싶었던 순간이 저를 다시 온전히 살아가게 만들었으니까요.

'…딱 10년만 더 살아볼까.'

먼 미래가 두려울 때는 너무 멀리 생각하지 말고, 지금까지 버텨온 만큼만. 딱 10년만 더 살아보고, 그러고 나서 다시 생각하자. 그렇게 다짐했습니다.

10년이 엄청 길게 느껴졌는데 막상 생각해 보면 길지도 않더라고요. 생일 케이크에 초를 10번 붙이고, 제가 제일 좋아하는 가을이 딱 10번 오면 지나갈 시간이었습니다. 그 사이엔 어느 날의 저처럼 바다에 빠져서 덜덜 떠는 추운 날들도 오겠지만, 밀물이 지나고 물이 빠지면 다시 따뜻한 햇볕이 말리러 올 테니까요. 그 사이 젖은 머리를 말리고 몸을 털면 그뿐일 겁니다.

그러니 그 짧은 시간 동안, 매년 돌아올 생일도, 좋아하는 가을도, 계절마다 돌아오는 제철 과일들도 놓치지 말고 꼭 붙들며 누리기로. 그렇게 살아보기로 합니다.

3O
수고했어

눈 온다.

나아가기 위한 용서

나는, 그냥 행복해지고 싶었어.
주변 사람들에게 사랑받고 싶었고, 버려질까 봐 두려웠어.
그래서 노력했을 뿐인데….

이렇게 될 줄은 몰랐어.
미안해….
과거의 나를 생각하면, 항상 화만 났었다.

왜 더 현명하지 못했는지,
왜 더 멀리 보지 못했었는지.
왜 그렇게까지 앞뒤 없이
맹목적이었는지….
바보같았다고만
생각했다.

하지만
시간이 지나 되돌아본 그때의 나는
그저 사랑받고 싶어 하는 어린애였고
…외로웠지?

그냥 불안하고 부족한,
한 인간이었을 뿐이었다.
가장 가까이 있는,
나 자신마저도 널
이해해 주지 못해서.

내가 밉지 않아?
…물론,
여전히 미운 마음은 있다.

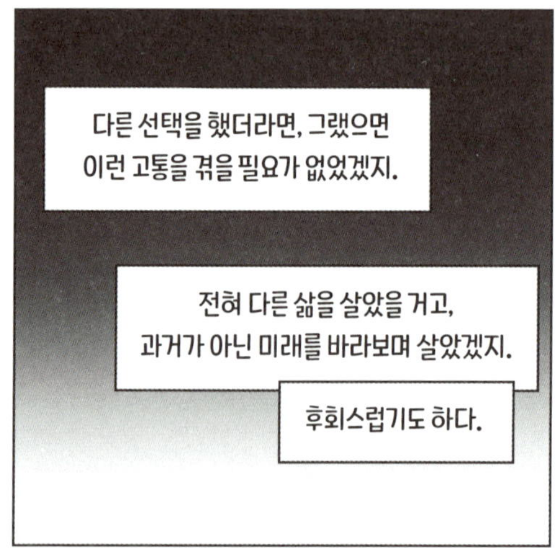

다른 선택을 했더라면, 그랬으면
이런 고통을 겪을 필요가 없었겠지.

전혀 다른 삶을 살았을 거고,
과거가 아닌 미래를 바라보며 살았겠지.

후회스럽기도 하다.

하지만… 괜찮다.

처음이라
그랬던 거잖아.

매일매일이 사실은
생에 처음 맞는 순간이고

그렇게 생각하면 우리는
매일 초보인 거잖아.

어떻게 실수도 실패도
안 할 수 있겠어.

의도치는 않았지만 이리저리 헤매며 온 덕에
오로지 나 하나만 알던 내가 다른 사람을 위하는 법도 알게 되고,
사랑을 주고받는 법도, 마음을 나누는 법도 배우게 되었어.

비록 병과 함께이지만 지금의 내가 좋기도 하다.
만약 다른 길을 갔다면 이런 나는 없었겠지….
솔직히, 과거에 대한 미련을 완전히 버릴 자신은 없어.
아마 앞으로도 아파질 때면 또다시 이렇게 과거로 돌아올지도 몰라.

그런데 미련과 후회라는 감정도,
결국은 내가 아직 삶에 대한 애정이 남아 있기에 갖게 되는 감정이 아닐까 해.
그러니까, 완전히 다 털지 못해도 괜찮아!

게다가, 이제 내게는 그런 건 그렇게 중요하지 않은 걸.
오류투성이에 잘못도 많이 했지만
그동안 난 너무 달라졌고…
넌 그냥 과거의 지나간 하나의 경험이었을 뿐이야.
그럼에도 딱 하나 잘한 게 있다면,

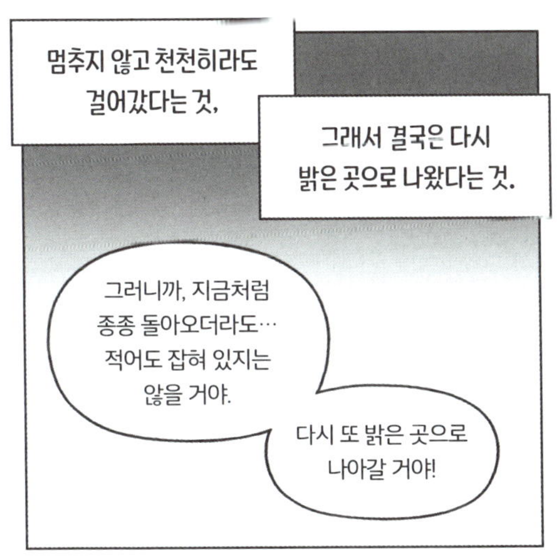

멈추지 않고 천천히라도
걸어갔다는 것,
그래서 결국은 다시
밝은 곳으로 나왔다는 것.
그러니까, 지금처럼
종종 돌아오더라도…
적어도 잡혀 있지는
않을 거야.
다시 또 밝은 곳으로
나아갈 거야!

너는 여기
있고 싶은 만큼 있어.
부족했지만, 그래도
내 소중한 20대
시간이었기도 하니까.

나는 널…
원망하지 않아.
병을 부정하지 않고
받아들인다는 것은,
부족한 나를
인정해 주고
넌 여기 있어.

용서하는 것과
같은 의미인지도
모르겠다.
난 나아갈게.

◆●●◆

"나, 이제 떠나려고. 그동안 미안했다."

늘 그랬습니다. 영화나 드라마에서 이야기가 끝에 가까워지고 '용서'라는 것이 필요해지면, 뭘 저렇게까지 하나 싶을 정도로 비련의 여주인공을 괴롭히던 악역이 갑자기 철이 들어 사과하며 멀리 떠나고는 했죠.

가는 이유나 목적지는 조금씩 달랐지만, 하나같이 아주 먼 곳(미국이나 유럽 같은 곳이요. 일본이나 중국은 별로 없더라고요. 너무 가까워서인가 봅니다)이어야 했고, 유학이든 뭐든, 새 삶을 찾아가는 것이어야 했습니다. 아니면 아예 정말 먼 곳(하늘 나라)으로 보내버리던지요. 하여간 주인공과 함께 살아가는 선택지는 없었습니다. 그렇게 주인공과 악역은 서로를 보내주고, 각자의 새로운 삶을 향해 나아갔습니다.

실제로 살며 겪어보니 '멀어짐'이라는 건 참 좋은 방법이었습니다. 아무리 노력해도 함께할 수 없는 사이라면, 하루 빨리 물리적으로 멀어지는 편이 오히려 서로에 대한 용서에 가까웠습니다. 때로는 몸이 멀어진 만큼 반대로 마음이 가까워지는 관계도 있다는 걸 알게 되었습니다. 질긴 악연을 끊고 멀어지고 나서야 결국 웃으며 마주하게 되는, 영화 속 주인공과 악역처럼요.

대부분의 인생 문제는 시간이 해결해 준다고 하지만, 관계에 있어서는 달랐습니다. 상처를 주는 사람을 곁에 둔 채로는 아무리 시간이 흘러도 상처가 낫지 않았습니다. 오히려 계속 덧나기만 할 뿐이었죠. 좋아하는 사람과 가까워질 수 있는 기쁨만큼이나, 떠나보내야 할 존재와 멀어지는 일에는 커다란 의미가 있었습니다.

하지만 멀어질 수 없는 존재는 어떻게 용서해야 할지 알 수가 없었습니다. 저에겐 제 몸이, 제 병이 그랬습니다. 그리고 그 병을 불러왔던 바보 같던 과거의 저 자신까지도요. 그래서 외면하고 도망쳤습니다. 통증과 자기혐오 같은, 절 괴롭히는 악역들로부터 조금이라도 벗어나고 싶었습니다. 하지만 거울을 보면 싫은 제 모습은 늘 그자리 그대로 있었고, 병은 끝까지 따라왔습니다.

그래서 방법을 바꿨습니다. 덜 아프면 더 빨리 걸어 그만큼이라도 멀어질 수 있을 테니, 좋든 싫든 몸과 삶을 돌보기로요. 덕분에 병을 받아들이지는 못하더라도 증상을 다루는 법 정도에는 점차 익숙해졌습니다. 비록

여전히 거울 속 자신을 마주하진 않았지만 '내가 싫다'
는 생각은 조금 덜하게 되었습니다.

시간이 지나자 영원히 벗어날 수 없을 것 같던 아픔도
점차 잦아들었고, 반복되던 염증의 주기도 휴식기가 더
길어졌습니다. 통증이 옅어질수록 삶에 대한 미움도 서
서히 잊혀졌습니다.

그러나 '휴전'과 '종전'은 다른 이야기였습니다. 조금
살 만하다 싶으면 또다시 어딘가 아파졌고, 약해질 때를
기다렸다는 듯 불안이 몰려오면 마음은 또다시 무너졌
습니다. 병을 오래 겪다 보면 조금은 무던해질 줄 알았
는데, 아픔은 언제나 새롭게 아팠습니다. 너무 힘들 때
면, 결국 이 모든 것을 끝내는 길은 나 자신과의 연을 끊
는 것뿐이라는 생각이 들었습니다. 그래서 몇 번이나 마
음속으로 자신을 놓아버리곤 했습니다. 그러니 많은 것
이 바뀐 것처럼 보였지만, 사실 늘 제자리였던 것이었습
니다.

나아가지도, 미움을 내려놓지도 못한 채, 그토록 힘들
게 벗어나고자 노력했던 그 원점으로, 병은 너무 쉽게
저를 되돌려 놓았습니다. 괜찮아졌다고 믿었던 건 그저
겉으로 보이는 증상을 다루는 법에 익숙해졌던 것뿐, 여

전히 거울 속 저는 과거의 그 시점, 그 마음 그대로였습니다.

　그래서 제 이야기를 책으로 쓰기 시작했을 때 처음 시작부를 쓰는 것이 가장 어려웠습니다. 으레 투병 일기라면 병이 어떻게 찾아왔는지부터 시작해야겠지만, 아직 악당을 물리치지 못한 주인공이 그의 사연을 알고 싶을 리가 없었죠. 감정이 풀리지 않은 만큼 그냥 납작하게 미워하고만 싶었습니다.
　하지만 정말로 밝은 희망을 이야기하고 싶다면 그전에 반드시 그만큼의 어둠을 바라볼 줄 알아야 했습니다. 악역을 적당히 악당 질만 시키다 사라지게 만드는 뻔한 이야기로는 진짜 삶을 말할 수 없었으니까요. 현실은 완전한 순백도, 완전한 암흑도 아닌, 사랑하지도, 미워하지도 못한 채 껴안고 살아가야 하는 것들로 가득했습니다. 그 속에서 밝고 희망적이기만 한 이야기는 너무 쉬워 굳이 제가 할 필요가 없다고 생각했습니다. 제가 겪은 불행을 과장하거나 행복을 포장하지 않고, 저와 같은 누군가의 마음에 진심으로 닿는 '살아 있는 이야기'를 쓰려면, 가장 솔직한 마음으로 거울 앞에 서야 했습니다.

　그렇게 되짚어 올라가며 발견한 의외의 단어는 '사랑'

이었습니다. 용서를 이야기하다 갑자기 웬 사랑 타령이 냐 싶으시겠지만, 곰곰이 생각해 보면 그 모든 중심에는 사랑이 있었습니다. 자신을 깎아가며 애써 모습을 꾸며 냈던 것도, 남들보다 뒤처질까 두려워 발버둥 쳤던 것도 결국은 사랑받고 싶다는 마음 때문이었습니다. 제 몸이 병이라는 언어로 전하고 싶었던 것도 결국은 "나를 돌아봐 달라"는 메시지였습니다. 미련과 후회라는 감정조차도, 아직 삶에 대한 애정이 남아 있기에 생길 수 있는 마음이었죠.

'그냥 나는, 살고 싶었던 거야…'
그제야 처음으로, 제가 미워했던 모든 것들을 '이해'의 시선으로 바라볼 수 있었습니다. 그 순간, 마치 스스로를 안아주는 듯한 따뜻함이 느껴졌습니다.

어쩌면 용서란 하나의 시점, 하나의 행위가 아닐지도 모르겠습니다. "이 순간부터 널 미워하지 않을 거야" 같은 선언이 아니라, 나이를 먹고 경험을 쌓으며 삶을 다각도로 바라볼 수 있게 되면, 내게 악역 같던 존재도 실은 나처럼 그저 사랑받길 원하던 한 생명이었음을 이해하게 되면. 그를 지워버릴 순 없더라도, 조금씩 미움에서 멀어져 '살아 있는 용서'에 가까워져 가는 과정이 아닐까 싶었습니다.

그래서 이제는 주인공과 악역이 함께 살아가는 이야기를 써보려 합니다. 사랑이라는 큰 주제 속에서요.

물론 가능하다면 각자 헤어져 자기 길을 가는 게 더 좋겠지만, 어차피 쉽게 떠나보낼 수 없는 존재라면 미워하기보다 이해해보는 게 낫겠지요. 이해한다고 해서 과거를 바꿀 수 있는 건 아니지만 현재와 미래를 바꾸어갈 수는 있을 겁니다.

당장 모든 것을 사랑하긴 어렵더라도 조급해하지 않으려 합니다. 여태껏 그래왔듯 일단 한 걸음씩 걸어 나가다 보면 언젠가 어둠이 걷히는 날이 오겠죠. 밝은 날엔 더 많은 것을, 더 멀리 볼 수 있을 거고요. 그러면 천천히 구름이 걷히듯 자신을 이해하고, 그 아픔까지도 사랑하게 되는 결말에 다다를 수 있지 않을까요. 그러면 지금은 무의미하게만 느껴지는 오늘의 작은 한 걸음도 의미가 있는 게 아닐까요.

…오늘은 하루종일
맑고 화창한 날씨가 계속되겠습니다.

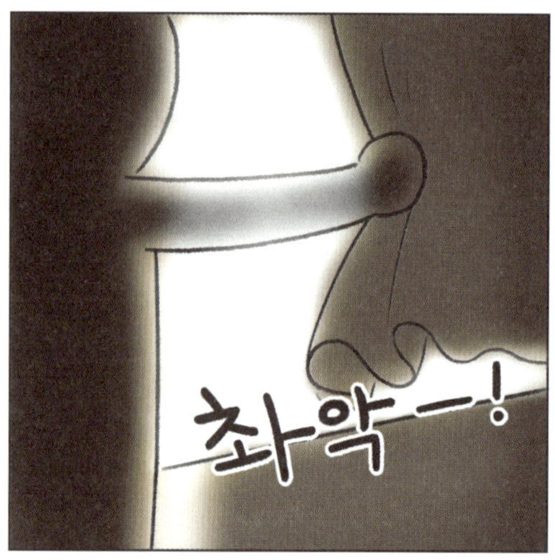
촤악—!

으으~!
진짜 잘 잤다!

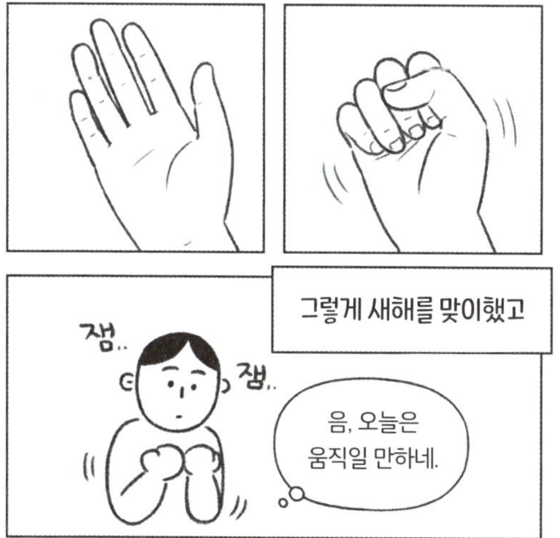
그렇게 새해를 맞이했고
잼..
잼..
음, 오늘은
움직일 만하네.

앗차차.

아침 약부터
먹어야지!
여전히, 하루하루
걸어가고 있다.
탁 탁

이제 불안한 마음은
완전히 극복…!
어디 보자~
밤새 외주 메일이
얼마나…

…
(새로 고침 중)

…메일이 고장 났나?
…한 건 전혀 아니지만. 하하.
왜 며칠째 외주 메일이 없지…?
~이번 달은 가난한 달 확정~

그래도
지잉

오전…
…님이 댓글을 남겼습니다.
지잉ー…
…님이 팔로우 하셨습니다.

글이 너무 좋아요!
팔로우 할게요.
제 마음 같아요….
위로를 주셔서
감사합니다.

…
이제는, 다른 사람들과
나만의 가치를 나누고 싶단
꿈이 생겼으니까.
좋아, 다시
해보자!
아자~!

앞으로 아무리 노력해도
또 좌절할 일은 생길 것이고
수난이 오겠지만,
작가님! 보내주신
원고는 읽어봤어요.
좋은데, 이 부분은…
아 네네!!
메모, 메모!
후다닥!

그럼에도 믿기로 한다.
자신을 믿는 게 아니라,
자신의 힘으로 한 번 일어났던
그 '경험'을.

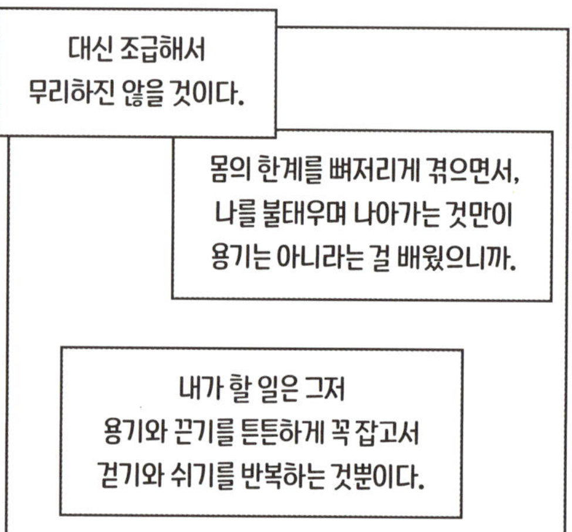

대신 조급해서
무리하진 않을 것이다.

몸의 한계를 뼈저리게 겪으면서,
나를 불태우며 나아가는 것만이
용기는 아니라는 걸 배웠으니까.

내가 할 일은 그저
용기와 끈기를 튼튼하게 꼭 잡고서
걷기와 쉬기를 반복하는 것뿐이다.

어느새 이렇게 되었을까.

엇

벌써 새순이
돋았네!?

아직 아무것도
명확하게 변한 건 없지만
문득, 언젠가는 자연스럽게
병을 놓아줄 수 있을 것 같다는
생각을 했다.

이제는 조금 알 것 같다.
어떻게 살아가야 할지.
으으ㅡ
꾸준히 살아가자.
느리고, 보잘것없는
내 삶이래도.

그럼, 내 인생에도
봄이 오겠지.

◆ ● ◆

마지막으로 검토하고 인터넷에 글을 발행하는 순간은 늘 긴장됩니다. 비교적 가벼운 온라인 공간에 올리는 일이긴 하지만, 머릿속에서만 존재하던 생각을 꺼내 다른 분들의 마음에 보내드리는 일이니까요. 혹시 오탈자는 없는지, 논리가 안 맞지는 않는지, 누군가에게 상처를 줄 표현은 없는지 수차례 거듭 확인한 후 심호흡을 하고 발행 버튼을 클릭합니다.

'문 열었습니다!' 마치 영업을 개시한 식당처럼 속속 독자 손님들이 들어옵니다. 글의 조회수가 실시간으로 올라가고, 좋아요 알림이 울리고, 댓글이 달리기 시작합니다. 알림 속도와 양을 보면, 약 30~40분 정도만 지나도 이 글이 인기를 얻을지, 아닌지 느낄 수 있죠. 요리 예능 프로그램에서 심사위원에게 요리를 맛보인 후 합격 여부를 기다리는 참가자처럼, 왜인지 죄인도 아닌데 심판을 기다리는 마음이 되곤 합니다.

책의 원고를 쓰는 과정은 그보다 훨씬 더 떨렸습니다. 수백 번을 썼다 지우며 이미 닳도록 읽었던 내용을 다시금 몇 번 더 확인한 다음 최종 원고를 넘기는 순간. 번지점프를 해본 적은 없지만, 한다면 이런 느낌이겠구나, 싶은 기분이었죠. 한 번 뛰어내리고 나면 다시 되돌릴 수 없는 번지점프처럼, 종이라는 실제 물건에 일단 한번 글씨가 새겨지고 나면 수정이나 삭제가 가능한 온라인 게시글과 달리 다신 돌이킬 수 없게 될 테니까요.

게다가 책은 엄연히 종이, 잉크, 마케팅 등 자본이 투입되는 유료 매체입니다. 판매가 시작되면 매출이라는 차가운 숫자로 현실을 확인하는 심판의 시간이 올 겁니다. 성공인지, 실패인지. 이러니 저러니 말 붙일 것 없이, 결국 돈을 내고 읽을 만큼 재밌고 의미 있는 책을 만들 수 있는 작가인지 아닌지. 2년이 넘는 시간동안 열심히 써온 이 글들이 헛된 수고였는지 아닌지 말이죠.

저 혼자 아무리 애쓰고 노력해 봐야 진짜 결과는 독자님들의, 대중의, 타인의 손과 눈에 의해 결정된다는 걸 보면, 사회 속에서 다른 사람과 관계를 맺고 살아가는 이상 결국 '자신만의 완전한 삶의 주도권'이란 유니콘 같은 환상이 아닐까 하는 생각이 듭니다.

살아간다는 건 끊임없는 자기 증명과 비교, 경쟁의 연속입니다. 존재하기 위해 작가는 계속해서 좋은 작품으로, 가수는 좋은 앨범으로, 직장인은 좋은 성과로 자신을 증명해야 합니다. 그러려면 앞을 막는 장애물과 싸울 줄도 알아야 하고, 실패했을 땐 상처받고 부러질 각오도 필요합니다. 때로 꼭 이뤄야 할 일을 위해서라면 병이나 아픔을 각오하고서라도 한계선을 넘어야 할 수도 있고요.

그렇게 애를 쓰다 보면 지켜야 할 소중한 걸 잃어버리게 될지도 모르죠. 하지만 감수해야 합니다. 사회에 나와 깨닫게 된 건 살아남는 데에 '안전한 방법'은 없다는 것이었습니다.

그래서 나이를 먹을수록 자꾸 겁만 늡니다. 다쳤을 때 얼마나 아픈지, 그리고 다시 일어서는 것이 얼마나 힘든지를 알기 때문입니다. 한 발 내딛는 것조차도 신중하게 되기도 하죠. 실패가 두려워서 새로운 도전을 포기하고, 상처받기 싫어서 새로운 관계도 망설입니다. 이대로 그냥 안전한 곳에 숨어 안주해 버리고 싶기도 합니다.

그런데, 다칠 일 없는 삶이 정말 좋기만 할까요? 주변에 아무도 없고 아무데도 갈 곳이 없어도, 건강하기만 하면 전부 행복해지는 걸까요? 그렇지 않습니다. 건강이 중요하다고 하지만, 사실 그 앞에는 '무언가를 하기 위해서'라는 말이 생략되어 있습니다. 내가 즐겁게 살기 위해서. 자유롭게 살기 위해서. 하고 싶은 일을 하며 살기 위해서.

건강을 찾고 삶의 균형을 지키는 건 그 자체로는 최종 목적지가 될 수 없습니다. 건강이란 우리가 원하는 곳으로 데려다주는, 알라딘의 양탄자 같은 하나의 수단일 뿐입니다. 그걸 타고 이제 어디로 갈 것인가를 생각해야 하는 거죠.

저는 진짜 용기는 그러한 '고통을 알고 있음에도' 원하는 것을 위해 다시 나를 내던지는 용기라고 생각합니다. 초보 운전자가 차를 몰고 나갔다가 접촉사고가 나더라도 겁이 나서 다시 운전을 못 하겠다고 하는 대신 더 주의 집중해서 다시 도전해 보고, 스케이트 보드를 타다가 넘어져 무릎이 까져도 포기하는 대신 일어나서 한번 더 타서 결국 성공을 이뤄내는, 그런 것들 말이죠.

자, 이제 다시 바다로 나아갈 시간입니다. 다시 다칠 용기와, 다치더라도 다시 일어날 수 있는 유연한 마음. 이 둘을 단단히 잡은 채 앞으로 넓은 바다가 보이는 폭포수 절벽 아래로 제 자신을 던져볼 겁니다. 제게 처음 희망을 주었던 꿈에서 더 나아가 저만이 할 수 있는 일을 계속 찾아가기 위해서요.

가다보면 절 잡아먹을 포식자가 있을 수도 있고, 지금까지보다 훨씬 더 큰 집채만한 파도와 상처입힐 수 있는 뾰족한 돌들이 있을지도 모릅니다. 그렇게 생각하면 무서워지기도 하지만, 그래도 그동안 성실하게 튼튼히 쌓아올린 몸과 마음의 근육이 있으니 어떤 상황에서도 정신을 차리고 살아남을 수 있을 거라고 용기를 냅니다. 그동안 건강을 위해 노력했던 이유는 넘어지고 다쳐도 다시 일어날 수 있는 강함을 위해서였지, 모셔두고 아끼기 위해서는 아니었으니까요.

어쩌다 깊은 곳으로 가라앉을 때도 있겠지만, 헤엄치려면 떠오르기도 하고, 가라앉기도 하는 법이니, 그냥 그렇게 물결을 타면서 자연스레 살아가면 되겠죠. 잃는 것은 두려워하지 않기로 합니다. 살면서 얻은 것은 어차피 나중엔 다 짐일 뿐이지 않을까요? 무언가 잃는다 한들, 나 자신만 잃지 않는다면 그냥 조금 몸이 가벼워질 뿐이겠죠.

삶은 이제 시작입니다.
바다로 나가, 맘껏 아파하고 다치고 여행하시기를.

항상 비교당하기만 했던 제 삶에 작가님의 만화는 휴식처나 다름없어요. 작가님이 지닌 따스한 개성이 "그래 나도 해보자"라는 동기가 되더라고요. 그 어떤 유명한 작품보다 더 소중한 만화입니다. 적어도 저에게는요.

_e********

남들 일하는 만큼, 남들 쉬는 만큼 쉬다 저도 병이 왔어요. 저에게는 맞지 않는 속도와 양이었다는 걸 아프면서 저도 깨달았어요. 꽃들에게도 저마다 피어나는 계절, 필요한 햇빛의 양, 물의 양이 다른데 왜 나도 그럴 수 있을 거란 생각을 못 했나 몰라요. 작가님의 메시지를 볼 때마다 큰 울림을 얻어요~!

_r*******

이렇게 느리고 흔들리며 나아가는 이야기가, 특히 삼십 대의 흔들리는 이야기가 얼마나 감사한지 몰라요! 가장 듣고 싶고, 보고 싶은 이야기는 누군가의 화려한 성공담도 아니고 이미 지나온 힘겨웠던 경험담도 아닌, 바로 지금 느릿하지만 걸어가고 있는 이야기인 것 같아요. 오늘 잠시나마 괜찮지 않아도 괜찮을 수 있는 힘을 주셔서 고맙습니다.

_e*****

어디로 가는지 알 수 없지만 내가 할 수 있는 건 지금을 열심히 사는 것뿐이니까, 매 순간을 열심히 살아보고 있어요! 작가님 글 덕분에 여러 생각을 해보고 갑니다.

_k*******

저도 스물아홉 살쯤에 갑자기 류마티스 같은 증상이 생겼어요. 다행히 자연스레 없어지긴 했는데 그때부터 저도 인생을 바라보는 시각이 좀 달라지더라고요. 뭐든 해보자 싶어서, 서른 살에 대학을 다시 가고 지금은 간호사로 일하고 있어요! 꿈이 있고 항상 나아가고 있는 작가님 멋지십니다! 파이팅이에요. 여러모로 작가님의 만화가 참 공감이 되어서 생전 처음 이렇게 댓글을 달아보네요. 항상 위로받고 잘 보고 있습니다!

_t****

작가님 덕분에 제게 곧 다가올 서른이 두렵지 않아요.

_l*****

작은콩 님의 이야기는 가장 평범하고 아무것도 아니라고 느껴질 수 있는 우리들이 얼마나 소중한 존재인지 알게 해줘요. 그래서 내용과 상관없이 늘 용기와 위로를 받는다는 거 아시나요? (중략) …작가님이 보시기에 서툰 일기라지만 저에겐 사람의 마음을 녹이는 '고퀄'의 일기라는 거 꼭! 알아주세요. 오늘도 핑계를 찾지 않는 하루를 만들 수 있게 해주셔서 감사합니다.

_사****

〈설은일기〉가 아니라 〈예순일기〉인 듯~ 내공이 듬뿍 담겨 있네요~!!! ^^

_윤**

해 뜨기 직전이 가장 어둡고, 성장은 계단처럼 된다고 (차곡차곡 밟아야 한다고)들 하잖아요. 나아지지 않는다 해도 돌아보면 어느새 계단 한 칸 혹은 두 칸도 올라서 있는 자신을 보게 될지도 모르죠.

지나고 바라보면 분명 나 자신에게 도움이 되는 시간이었을지라도, 어둠을 지나는 동안의 외로움과 암담함은 정말 견디기 쉬운 일이 아닌 것 같습니다. 공감 한 아름 놓고 가요. 늘 감사합니다.

_b**

(이 만화가) 꼭 제 마음 그대로예요. 많이 공감되고 공감은 위로의 힘이 있는 것 같아요. 오늘도 스스로 먹여 살리고 있는 우리 존재 소중해요.

_r******

지은이 **작은콩**

희소병 환자로 살아가며, 느리지만 꾸준히 삶의 기록을 글과 그림으로 남기고 있습니다. 인스타그램, 브런치 등 SNS에서 만화 에세이를 통해 아픈 몸과 마음을 어루만지는 이야기를 그리고 씁니다. 투병 일기였던 〈류마티스 그림일기〉에서 시작해, 점차 주제를 넓혀 지금은 설익은 서른을 맞이한 〈설은일기〉를 연재하고 있습니다.

글을 쓸 때는 늘 적당한 온도의 따뜻함을 담으려 노력합니다. 슬픈 이야기라도 너무 울적하지 않게, 무거운 이야기라도 너무 버겁지 않게, 비록 차가운 현실이라도 너무 차갑지 않도록요. 따뜻한 밥 지어주면서도 행여 데일까 호호 불어주시는 어머니의 마음처럼, 듣는 이의 마음에 적당한 온기로 메시지를 전달하는 '엄마의 마음을 가진 창작자'가 되는 것이 꿈입니다.

인스타그램 @small_kong_toon
브런치 brunch.co.kr/@9cc75e4bd7624ea
네이버 밴드 band.us/page/85149403

#오늘도 애쓰며 천천히 무르익고 있는
소중한 나 자신에게 건네는 한마디

 @small_kong_toon님이 당신을 응원합니다.

설은일기

초판 1쇄 인쇄　2025년 12월 17일
초판 1쇄 발행　2025년 12월 23일

지은이　작은콩

책임편집　양수인
교정교열　양서현
디자인　MALLYBOOK 최윤선, 조여름
책임마케팅　최혜령, 박지수, 도우리, 양지환
마케팅　콘텐츠 IP 사업본부
해외사업　한승빈, 박고은
경영지원　백선희, 권영환, 이기경, 최민선
제작　제이오

펴낸이　서현동
펴낸곳　㈜오팬하우스
출판등록　2024년 5월 16일 제2024-000141호
주소　서울특별시 강남구 테헤란로 419, 11층 (삼성동, 강남파이낸스플라자)
이메일　info@ofh.co.kr

ⓒ 작은콩

ISBN 979-11-7577-091-1(03810)

스튜디오오드리는 ㈜오팬하우스의 출판브랜드입니다.